ハルミ・ガーデン

ここに碧い地球がある

西澤三郎
NISHIZAWA Saburo

文芸社

もくじ

第二部　碧い地球

第一部

狼森《おおかみもり》

一　よぎる不安

羽田の国際線ターミナルの電光掲示板を見ながら、石沢遊《いしざわゆう》はもう一時間余りも妹の歩《あゆみ》の帰りを待っていた。兄の遊が彼女に会うのは十年ぶりということになる。

それにしても遅い。遊は再び時計を見ながら周囲を見回すと、斜め前方からこちらを窺《うかが》っている男がいるのに気がついた。男は一瞬ためらいながらまっすぐにこちらに近づいてきた。

「建築家の石沢先生ですか。妹さんはお帰りにならなかったようですね」

と言いながら名刺を差し出した。そこには「警察庁公安部」と書かれていた。

遊の脳裏に得体の知れない不安が走った。平静を取り戻して、

「私に何かご用ですか」

と言うと、その男は努めて物静かな声で、

「いえ、妹さんの石沢歩さんに少しお訊《き》きしたいことがあったものですから」

と応えて立ち去って行った。

遊は疲れた感じのするその若い男の後ろ姿を見やりながら、出国から十六年経った今も

公安当局の目が歩に注がれているのを知ると、不安は一層深くなってくるのだった。

歩は大学を退学して突然出国した。二十一歳のときである。

のちに遊が歩から訊いたのは、それまでコンタクトのあったイギリスの通信社の契約社員として、海外で働くチャンスを得たからというのであった。

歩が学園闘争に突き進んでいた頃、遊は学業とアルバイトの両立に苦しんでいた。母の残してくれた預金も残り少なくなって、田舎にある僅かばかりの田畑と家の売却を、故郷の白鶴《しらつる》にいる母方の大叔母の岩峰綾《いわみねあや》に依頼した。

大叔母は、「そのようなときが来たなら力になってやってほしい」と遊の母の文《ふみ》から生前に聞いていたと言った。

遊は、母がそんなときのことまで考えていたことを知って胸が熱くなった。

その売却金の半分を歩に送り、自分はその資金で大学院へ進もうとしていたとき、突然発熱し、数日ベッドに横たわっていたが回復しないので病院へ行くと、

「肺結核です。早急に療養が必要です」と言われた。

幼いときに父の病気がうつっていたのかもしれないと思ったが、医師は睡眠不足や食生活などの生活習慣の乱れから、免疫力が低下して発症したのではないかと言った。

遊は妹に何度も電話をかけたが大学寮にはいなかった。

遊が、妹の友人の川淵晴美《はるみ》に電話を入れると、翌日の午後、歩と晴美が連れ立って遊の下宿に駆けつけた。兄の川淵晃介《こうすけ》と歩の関係を知っている晴美が兄に電話をして、やっと歩と連絡が取れたのだった。

遊は歩と晴美の意見を入れて、故郷の白鶴に帰って療養することにした。

歩は「私は兄さんの看病ができないかもしれないから、兄を晴美さんにお願いしたい」と何度も繰り返し言った。その時、歩の出国が差し迫っていたのを遊も晴美も知らなかったのである。

晴美は空港からの電話で、初めて彼女の出国を知った。歩は、

「晴美ちゃん。私にはもうどこにも居場所がなくなったの。B・P通信極東支配人の手助けでロンドンに行き、ジャーナリストとして働くことにしたわ。兄さんの面倒をすっかり晴美さんに見させてしまってごめんなさい」と言って、

「兄さんは晴ちゃんのものだから」と小さく笑った。

のちに晴美は「歩さんは学生運動の挫折から海外に活躍の場を求めたらしい」と言ったが、遊は妹の悩みに気づいてやれなかったことを悔やんだ。

遊が歩と再会したのは、クライアントの一つである「太洋建設」のスタッフと一緒に、中近東の目覚ましい都市開発の現状を視察する一員としてアラブ首長国連邦のドバイを訪

れたときだった。もう十年も前になる。

その年、遊は「太洋建設」と組んで完成させた総合病院の設計で建築作品賞を受賞したのだが、そのお祝いと両社のさらなる連携を願っての視察旅行でもあった。

歩と再会したのは、荒涼とした砂漠に蜃気楼《しんきろう》のように現れた巨大な人工都市を見下ろすホテルのレストランでだった。妹は以前にも増して快活で自信に満ちていた。

明るい歩の姿を見て安心したが、一つ気にかかることがあった。それは歩の出国を手助けしてくれた男がロンドンでの上司で、二人は親密な関係にあるというのだった。そして、その男はイギリスの諜報員《ちょうほういん》であるかもしれないと言った。

遊が聞き咎《とが》めると、歩は、

「外国では、ジャーナリストや学者が国の機関の協力者であることは、少しも珍しくはないわ」

と事もなげに言ったのである。歩は明るく笑いながら、

「兄さん、心配しないで。私は今、国を離れてジャーナリストとしての仕事に生きがいを見出しているんだから」

と言った。この時、歩は三十七歳になっていた。

しばらくして、歩から遊に珍しく長い手紙が届いた。

＊＊＊＊＊

二　遠い日の記憶

遊兄さん、このたびは帰国できなくてごめんなさい。大したことが起きたわけではないんだけど、仕事の都合で急にローマへ行くことになりました。この件は折を見てご報告します。

私はこのごろ、白鶴で過ごした遠い日のことを、つい昨日の出来事のようにとめどもなく思い出すことがあります。消えかける記憶を手繰り寄せながら、このような思い出を話せるのは兄さんしかいないのがとても切なく感じました。もし記憶違いがあれば、次に会ったとき訂正してください。

母が急性白血病で倒れたのは、遊兄さんが高校の三年生になった初夏でした。今まで一度も弱音を吐いたことのない母が強い倦怠感《けんたい》を訴え、貧血で体を横たえる日が多くなっていました。早くに父が亡くなり、祖父も二年前に逝って母と兄さんと私の三人の生活になっていたのに、また母が入院して、家には兄妹二人が残されてしまいました。

その頃、私はまだ中学生でしたが、母に教えられたとおり家事をし、日曜日には二人で母を見舞い、細々《こまごま》とした出来事の報告や相談をするのでした。母はいつも聞き役で、二人の日々の奮闘ぶりを楽しんでいるふうでした。

そんな母がいつの頃からか私たちの父、石沢渉《わたる》との出会いや生家のことなどを、思い出すままに話して聞かせてくれました。遊兄さんは受験勉強の参考書を手にしたまま、ベッドのそばで聞いていましたね。

母、文と父、渉の出会いは白鶴の駅でした。祖母の家がある神渡村《かみわたりむら》まで歩いて行こうとしていた母が、同じ方角に帰省する父に道程《みちのり》を訊《たず》ねたのがきっかけでした。

二人は自分たちの近況を話しながら駅から白鶴湖の畔《ほとり》まで歩き、母の文は北の神渡村へ、父は南の方角の茅村《かやむら》へと別れました。道すがら、親が白鶴の出身で、今二人とも、偶然にも横浜に住んでいることが判《わか》って親しみを覚えたのでした。

その頃、母は女子大生で、父は苦学して大学を出て中学校の数学の教師になっていました。

白鶴の里は特異な土地柄で、二〇〇〇メートル級の峰々が連なる山の麓《ふもと》に湖が点在し、その湖の周囲に古くから人が住み着いて出来た高地集落です。

里の背後に聳《そび》える山に、初夏になると鶴が羽ばたく姿に似た残雪が見えることから、その山を白鶴山と呼ぶようになり、一番大きな湖が白鶴湖です。

母がこの白鶴の里に親しみを感じるようになったのは、父と知り会ってからでした。それまで母は祖母に連れられて何度も神渡村に来ていたのですが、いつ来てもこの田舎に馴染めなかったと言います。

威圧的な塀、湿った土間、やっと人の顔が判別できるほどの暗い部屋。祖母の留守中は、この家を取り仕切っている老人とお手伝いさんが出迎えてくれるのですが、母は挨拶もそこそこに離れの洋室に直行しました。この部屋だけは四方がガラス張りで明るかったからです。

この洋室は、曾祖父が都会育ちの祖父を婿に迎えるために建てたものでしたが、祖父もこの田舎に長くは住まなかったようです。

母は洋服をモンペ姿に着替えると、近くに住む叔母の岩峰綾さんを訪ねました。叔母も婿を迎え岩峰の姓を名乗っていたのですが、姉と違って小柄でとても穏やかな性格の人でした。子供がいなかったので、その分、姪《めい》の母をたいそう可愛がってくれました。戦後、慣れない田舎の生活をするようになった母を何くれとなく支えてくれたのも、この綾さんでした。

祖父はこの白鶴には住まずに横浜で生糸問屋を始め、母はその横浜で生まれたのです。そのため祖母は白鶴と横浜の二つの家を行き来する生活を強いられ、田舎は祖母が取り仕切ることになったのです。

曾祖父、岩峰諭吉は養蚕業から製糸工場を起こし、金融業に転じて大地主となった立志伝中の人物でした。母と父が結婚したのは、母が二十二歳、父が二十八歳のときでした。

祖母はこの二人の結婚に強く反対したのです。母方の岩峰家は地元では知らない人はいない素封家であり、一方、父の母は早くに亡くなっていて、祖父が僅かばかりの田畑を耕しながら細々と養蚕をしていました。

祖母にとって問題なのは、家の不釣り合い以上に、婿になる人物の資質でした。家柄を見込んで迎えた祖父は、都会育ちの苦労知らずで事業家には向いていなかったからです。祖母はこの失敗を繰り返してはならないと強く心に決めていました。

しかし、母はすべてを振り捨てて家を出ると、父の下宿先で慎ましい新婚生活を始めました。父の休日にはよく海辺のカフェに行き、二人で飽かずにカモメを眺めていました。

しかし世相は大きく変わり、急速に自由の空気がかき消され、軍国主義の波にのみ込まれようとしていました。二人が結婚した一九三八年に国家総動員法が公布され、その年の七月には東京オリンピックの実施を返上しました。

そんな時代に抗《あらが》うように求めた幸せでしたが、二年余りで新婚生活は終わったのです。

一九四一年十二月、太平洋戦争が勃発して父は陸軍に召集され、すぐ南方戦線へ送られました。そして、一年後に傷病兵として送り返されました。

父は戦場での出来事を、ほとんど母に話さなかったそうです。若い妻に語るには悲惨すぎたのでしょう。唯一、父が「銃を肩に当てて撃つと肺に響いて息苦しく、銃座を頭で押さえて撃った」と言ったのを母はよく覚えていました。

母は予定どおり走らない夜汽車に乗って、復員した父に会いに横須賀港まで行きました。面会はこっそり便宜を図ってくれる軍港近くの薬局の二階でした。父は会うたびに、「もう一度、君と海の見える街で暮らしたい」と何度も言ったのです。

戦後、祖父の岩峰章二は生糸相場に手を出し、残っていた岩峰家のすべての財産を失い、寂しく亡くなりました。祖母も再び故郷に帰ることなく、後を追うように亡くなったのです。

父は終戦と同時に退院し、二人は祖父・石沢和幸のいる白鶴の茅村へ帰りました。都会の食糧事情の悪さと父の療養を考えてのことでした。母は初めて祖父と同居し、慣れない農業を手伝うことになりました。

父は病が癒《い》えると、すぐに叔母を訪ねました。農地改革の後も在家地主として土地が残り、かつての岩峰家の権勢の名残を留めた叔母の尽力もあって、父は地元の中学校の教員に復帰することができました。

そして、間もなく兄さんが生まれ、祖父は息子が大学を出て教員になり、孫まで見ることができたことを大変喜び、「長い寡暮《やもめ》らしの苦労が報われた」と村の人々に話したそうです。その祖父も二人目の孫の私が生まれるのを見届けると、しばらくして亡くなりました。父と母、兄さんと私、親子四人の穏やかな暮らしが始まったのですが、幸せな時はそう長くは続きませんでした。父が死んだのです。戦場で罹《かか》った結核が再発して一年余りの闘病生活の後、短い生涯を閉じました。まだ四十歳の若さでした。兄さんが五歳、私はまだ二歳でした。

＊＊＊＊＊

遊は歩の手紙をここまで読んで、父が最後に自分に語りかけてくれた言葉を鮮やかに思い出した。

「遊、人生は遊びだよ」と言うのである。

五歳の遊には何のことか判らなかったが、父のその言葉だけははっきりと覚えていた。

少し大きくなってから、自分の名前と関係があるのだろうかと思い、そのことを母に訊ねると、

「きっと、遊びのように楽しく生きてほしいという意味よ」

と、笑いながら答えてくれた。
遊は歩の手紙をテーブルに置くと、そっと目頭を押さえた。

三　鏡湖の思い出

晴美は夫の遊から歩の手紙を見せてもらって、二人が少し羨ましく思えた。

晴美には年の離れた兄・晃介がいるが、共通の思い出はあまりない。兄は小さなときから神童と呼ばれ、この国で最も難しいと言われている東京の大学へ行ったが、晴美はいつもこの兄と自分が比較されているようで嫌だった。

歩とは少女時代の思い出がいっぱいある。晴美にとって歩は夫の妹というよりも、かけがえのない大切な親友であった。しかし、歩が東京の大学へ行った頃から、晴美は自分に何も話さず兄と親密な関係になった歩に、少なからぬ蟠《わだかま》りを抱いていた。だが、それも今は懐かしく思い出されて、手紙を書かずにいられなかった。

＊＊＊＊

歩さん、貴女《あなた》に遊さんと二人にしか分からない思い出があるように、私には歩さんと遊さんと私の三人だけの思い出があります。私はあの頃があってこそ今の私たちがあるのだと強く思います。

私は貴女と遊さんと三人で〝思い出づくりのサイクリング〟をした春の一日を、今も鮮やかに覚えています。私たちは同じ高校へ進学が決まり、遊さんも東京の大学へ入学が決まって、今までにないのんびりとした日を過ごしていました。

そんなある日、どちらからともなく、故郷を離れる遊さんのために〝思い出づくりのサイクリング〟を思いつきました。遊さんは「一日にできるだけ多くの湖を自転車で回る」というプランを出してくれました。

私の父は遊さんの通っていた高校の教師をしていて、母は歩さんのお母様の文さんにお茶とお花を習っていたので、よく母の作ったクッキーを持って歩さんの家に遊びに行きましたが、泊まりに行くのはその時が初めてでした。明くる日に持って行くサンドイッチとおやつのドーナツを作って、夜遅くまで大はしゃぎをしてしまいましたね。

その日は朝早く起きて、通学に使い慣れた自転車で白鶴湖の畔にある神渡《かみわたり》神社を目指しました。

春の遅いこの地方では、鉛色の空が青みを増し、風に暖かさを感じるようになると木々が一斉に芽吹き、梅に杏子《あんず》、コブシ、桃、それに早咲きの桜が加わって一気に花の季節になります。遠くに近くに小鳥のさえずりや、色とりどりの花の香りを感じながら、二人は遊さんの自転車の後を追いかけました。

白鶴湖は厳寒期には湖面が凍って、その氷の割れ目が盛り上がり氷堤が出来、そこを女神が渡って男神とデートをするという言い伝えがあって、神渡神社は「恋路神社」とも言われていましたが、私たちはこの話を避けながら神前に頭《こうべ》を垂れ、春霞《はるがすみ》に揺らぐ湖面をぼんやり眺めて小休止しましたね。

昼食まではまだ十分時間があったので、遊さんの提案で奥山の神降池《しんこうち》まで足を延ばすことにしました。

道が険しくなってきたので自転車を春楡《はるにれ》の木に立てかけて、池を目指して歩を速めました。

遊さんは山岳部の合宿で山小屋の「無限望」に登るときに何度もこの神降池に立ち寄っていたのですが、原生林に囲まれた池には白鶴山の伏流水が湧き出ていて、水底には水草が軽やかに揺れてとても神秘的でした。遊さんは冬も凍結することがないこの池は、古くから山窩《さんか》の狩猟基地だったと教えてくれました。

また、ここから白鶴山の「無限望」という山小屋まで行くには、標高一五〇〇メートルのところにある白鶴高原の「おかげ森」を十キロメートルも通り抜けなければならないが、抜け道を知らない者が足を踏み入れると二度と出てこられないと言われて恐れられていました。でも白鶴山をよく知っている遊さんは、

「天空の森を歩くような素晴らしいところだ」と言うのです。

私たちは水面《みなも》に映る空の青と水草の萌黄《もえぎ》色の共演に見とれて、しばらく言葉を失っていましたが、昼食のサンドイッチを食べる頃には、歩さんと私は、新しく始まる高校生活の話題に夢中になっていました。

歩さんは「音楽部に入ろうかな」と言い、

「母を看病し、兄のいなくなった家を守って一人で頑張らねば」とも言いました。

私は絵画部に入ることを早くから決めていました。受験競争と無縁な美大へ行って、美術の先生になりたいと漠然と考えていたのです。

私は物知りの遊さんに「この草花は何ていうの」とか「この木にはどんな花が咲くの」と次々に質問を浴びせて困らせました。

遊さんは私が小さなスケッチブックを取り出し、草花の形や色を描きとめるのを楽しそうに見ていました。

私が描く手を休め、

「どうして建築科に決めたんですか」と訊ねると、遊さんは答えに困りながら、

「小学生の頃から科学少年だったし、人工衛星が打ち上げられ、東京タワーができ、黒部ダムが完成したことなど、そんな時代の影響かな」

と答えました。そしてしばらくして、

「本当は人の不幸にかかわる仕事は選択肢から外したいと考えていたから、医者や検事や弁護士などではなく建築家を選んだのだ」と言いました。

歩さんは「こういうところが兄さんの弱さなの」と言いましたが、私は、気持ちの優しい人なんだなと思いました。

太陽が少し傾いてきたので、私たちは次の目的地へと出発しました。

水芭蕉《みずばしょう》の可憐《かれん》な白い花を道の傍らに見ながら湿地帯を通りぬけると、自転車のスピードはぐんぐん増し、暖かい風が首にまとわりついてくすぐったくて、それを逃れようと力いっぱい自転車を漕ぐと一層くすぐったくなったのを憶えています。歩さんと私は遊さんの後を、笑い声を上げながら追って行きました。

白鶴湖の南の外れにある小さな鏡湖《かがみこ》が夕日に光って見え、沖へ長く突き出ている桟橋の先に小さなボートが一艘《そう》つながれていました。私たちはその桟橋に腰を下ろして、魔法瓶に残っていた紅茶を分けあって飲み、昨夜作ったドーナツを食べました。

山の日暮れは早く、残雪を抱《いだ》いた白鶴山に夕日が当たって赤く輝く姿を眺めながら、思い出づくりの一日の終わりを惜しみました。

山の稜線が黒く浮かぶと空は深いブルーに変わり、見る見るうちに星空となりました。

遊さんは、無口になってしまった私たちを元気づけるように、

「この鏡湖は断層の谷に湛水《たんすい》して出来た湖で、深いところは五十メートルもあるんだ。今

はまだ早いけれど七月の終わりになると岸辺にホタルが舞い、空にはペルセウス座流星群が見えるんだ。ここに寝っころがって空を見上げていると、幾筋もの長い光跡が走って星のページェントが始まるんだ。秋の紅葉も素晴らしいけれど、冬の渡り鳥も見飽きないよ」と話してくれるのでした。

岸辺から「オーイ」と呼ぶ声がして、慌てて振り返るとお爺さんが立っていて、「もう帰ったとばかり思っていたが、まだいたのか」と心配してくれました。

お爺さんは冬場はここでワカサギ漁をし、漁のないときは畑を耕して一人で暮らしているのでした。遊さんはこのお爺さんとも、桟橋いっぱいに寝そべっている白いサモエド犬とも馴染みでした。お爺さんは、

「この犬は東京に住む息子が連れて帰ってくれたのだが、それ以来、息子はあまり帰ってこなくなった」と嘆いていました。

遊さんは、犬の前で立ちすくんでしまっている私に、逞《たくま》しい手を差しのべてくれました。

＊＊＊＊＊

歩は久しぶりに戻ったロンドンで晴美からの手紙をここまで読むと、そっとテーブルに戻し、忘れられない故郷の風景と青春の日々を懐かしく思った。そして、母が逝ったあの

日のことをまざまざと思い出した。

その日、歩が〝思い出づくりのサイクリング〟の報告をしたくて朝早く病院に行くと、三日前には「私も行きたい」と言ってあんなに楽しそうな顔を見せてくれた母が、少し薄目を開けただけで深い眠りの向こうに逝ってしまっていた。

歩は、鏡湖から見た星がとても綺麗だったことや、晴美が遊の話を聞きながら、その横顔をじっと見つめていたことなど、いっぱい話したかった。

歩からの悲痛な電話で遊と晴美と晴美の母・美津《みつ》が病院に駆けつけると、母の顔は眠るように安らかだった。

歩には、遊と晴美の三人で、涙に曇る窓の向こうに杏子の花びらが散るのを、いつまでも見つめていたあの日のことが昨日のことのように思い出された。

四　ガザからの便り

土曜日の朝、晴美はいつものように窓辺でコーヒーを飲みながら朝刊に目を通していた。「ウイークリーニュース」という一週間の出来事を日を追って箇条書きにまとめたページを開き、気になるニュースを拾い読みして世の中の動きに遅れないように努めているのだったが、ふと「ニュース・アイ」というコラムが目にとまった。

見覚えのある顔写真の下に、

「石沢歩、フリージャーナリスト、アラブウオッチャー、ロンドン在住」と書いてあった。

晴美は夢中になってその囲み記事を読んだ。

＊＊＊＊＊

日本の皆さんにガザからの便りをお届けします。十年前に日本の援助で建てられたパレスチナのガザにある高校から、今年も殉教者が出たので訪ねてみました。

殉教者の名前はアブエラ・アズリー。校長のハッサン・アミードは外国のジャーナリストから「殉教者の高校」と呼ばれて、取材を受けることに困惑していました。

アズリーは祖父と二人きりの孤児でしたが、

「人の不幸に涙を流す優しい子で、共に神に祈る信仰心の篤い子だった」

と校長は言いました。

イスラエルのシャロン首相はパレスチナ自治区を破壊し、ガザの「イスラム抵抗組織＝ハマス」は自爆テロを戦略とするようになっていました。校長は、

「前途ある青年が悲壮感に駆られて死を選ぶことに、教育者としての責任と無力を痛感しています」と沈痛な面持ちで話し、私が日本人だと知ると、

「これからこの国を担う青年たちには、今の困難を克服するために広く世界を知ってほしい」と言い、

「日本の政府も校舎を建てるだけでなく、たとえ一人でも優秀な学生を受け入れてほしい」

と訴えました。

一九九三年、アメリカのクリントン大統領の仲介で、ノルウェーのオスロでイスラエルとＰＬＯ（パレスチナ解放機構）の間で、お互いを承認する「オスロ合意」が成立しました。そして日本は米英に求められて、自治区のガザにこの学校を建てたのです。

私はこの学校始まって以来の秀才だというワヒード・アブドラ青年の話を聞きました。

アブドラは、六歳でクルアーン（コーラン）をすべて暗唱し、ハーフィズ（コーランの

暗記者）と誉められたといいます。彼は一歳の時に父と四人の兄弟を同時に失くしました。一九八六年のことです。

当時、ヨルダンに代わってイスラエルの占領地となったガザは、イスラエル軍により難民に対する懲罰的で恣意的な土地の没収や家屋の破壊が繰り返されていました。しかし、住民たちは二十年前、イスラエルの建国により引き起こされた第一次中東戦争のときと同じ難民生活をもう一度繰り返したくはなかったので、いかなることがあろうともこの土地から二度と離れないことを誓い合い「スムード」と呼ばれる抵抗運動を組織したのです。

アブドラの父は、イスラエル軍の戦車が管理に都合の悪い家屋を取り壊し始めたとき、「家の中にまだ子供たちがいるんだ」と叫んで戦車の前に立ちはだかったのです。

多くの住民が見守る中、アブドラの父は無残にも家もろとも砂塵の中へ押しつぶされ、家の中にいた四人の子供たちと共に死にました。裏庭で遊んでいたアブドラだけが母親の手に抱き上げられ、救われたのでした。

それを見た住民は手に手に小石を拾い、戦車に投げつけました――。

ここまで校長の話を聞いて私は、アブドラにぜひ会ってみたいと思いました。

私が初めてワヒード・アブドラに会ったのは二〇〇四年の春で、彼は十八歳でした。

校長の紹介で、まずアブドラの母親・ワヒード・ガルフに会いに行きました。彼女は同胞団の慈善協会の仕事を手伝って生計を立てていましたが、夫が経営するラジオ店の経理をしていた経験を活かして事務を任されるうちに、今では彼女がいなければ組織が機能しなくなっているというのです。

モスクのそばにある建物の二階の事務所に入ると、紺色のヒジャブに身を包んだ初老の婦人が私を迎えてくれました。机が一つと椅子が二脚あるだけの質素な部屋の壁面は書棚になっていて、整理された書類がぎっしりと天井まで収まっていました。

「今、ここでは一二〇〇人の孤児の支援をしていて、無料で小学校、中学校、高校へ行けるように努力をしています。その孤児たちのファイルがこの書棚にあります。このファイルにはスタッフが集めた子供たち一人一人の出生証明書や両親の死亡証明書など、孤児になった経緯と現状が詳しく記録されています。

ここには顔写真と学校の成績も添付してあって、この資料を支援してくれるクウェートやヨルダンの慈善組織に送るのです。この正確なファイルと誤りのない会計報告があってこそ、多くの同胞の支援が得られるのです。

今、孤児たちは月に四〇〇シュケル（約一万二〇〇〇円）の援助を受けており、そのほかに学用品や食料の配給があります。もちろんガザの住民も少しでも余裕のある者は進んで喜捨をし、貧しい家庭を援助しているのです」と話し、彼女は、少し誇らしそうに私の顔を見て、

「この孤児支援組織のほかにもいくつかの慈善協会があり、その中には孤児たちが無料で

医療を受けられる診療所もあります」と言いました。ワヒード・ガルフは、「もう息子も家に帰っている頃ですから、会ってやってください」と言うと、家まで案内してくれ、その道すがら自分たちの不運の歴史を語ってくれたのです。

「国連でパレスチナの分割が決まって、内乱状態になるまでは夫の父、アブドラの祖父はハイファの東に広がるエスレ平野でオレンジ農園を経営していました。そこは肥沃な土地で水にも恵まれ、イスラム人は主にオレンジを栽培し、ユダヤ人は葡萄《ぶどう》を栽培していて、互いの宗教を認め合い、共にパレスチナの民でした。

祖父はアラビア語のほかにヘブライ語も当然のように話しました。反対に、アラビア語を話すユダヤ教徒やキリスト教徒も少なくありませんでした。私の父は貿易商で、地中海に面した良港であるヤッフォ湾からイギリスへオレンジを輸出していたので英語がとても上手でした。それで私も少し英語が話せ、子供にも教えました。私と夫は父親たちのオレンジの商売が取り持つ縁で結婚したのです」と話してくれました。

家に着くとワヒード・ガルフは、

「お客様をお迎えできるような住まいではありませんし、何のおもてなしもできませんが、この子に広い世界の様子を話してやってください。私はまだ少しやり残した仕事がありますので協会へ戻ります」と言って出て行きました。

アブドラはひょろっと背の高い青年で、目元が母親似の聡明そうな顔立ちでした。

彼は、暖炉代わりの竈《かまど》に薪《まき》を二、三本くべて温めたミルクを私に勧めながら、

「小さな島国の日本がロシアと戦い、そしてアメリカと戦ったのですね。今、私たちパレスチナ人は戦闘機も、戦車も、ロケットも持っていません。それでも正義のために立ち向かい、ムスリムの誇りを世界に示しています。尊敬する日本人に会えて幸せです。それに、英語ではなく上手なフスハー（標準アラビア語）で話してくださるのに感激しました」と言いました。そして、アブドラは一通の封書をテーブルに置くと、

「友人、アブエラ・アズリーの遺書です。読んでください」と言いました。

アズリーの遺書は、祖父に残されたものだけが知られていて、老人は殉教した孫をみんなに自慢し、

「もうすぐワシもそちらに行く。そのときは天国に引き上げてほしい」と祈るのでした。

アズリーの性格から、遺書はほかに何人かの友達と、よき理解者であった校長先生にも残されたはずだとアブドラは思いましたが、誰も公表する者はいなかったのです。その遺書にはこう書かれていました。

《友よ。ハーフィズのワヒード・アブドラよ。私は武器をとって殉教者の道を進みます。神への勤めを果たします。我々の大地を踏みにじり、我々の息子たちを毎日のように殺しているユダヤ人に破滅を味わわせ、我々の神を恐れさせます。神童の誉れ高い君が後に続くのを信じている。殉教者としての地位をお与えくださった神に感謝し、聖戦の任務を遂

行します。天国で会いましょう。アブエラ・アズリー》

アブドラは、私の目をまっすぐ見て話しました。

「アユミさんはアフマド・ヤシン師を知っていますか。今日、お会いになった校長先生の師で、盟友です。校長先生は、エジプトの大学でヤシン師と出会い、共に同胞団のメンバーとなったのです。

そのヤシン師が先月暗殺されました。師は自宅近くのモスクで礼拝を終え、娘の夫と警護官に付き添われて車椅子で外に出たところを、ヘリコプターからミサイルを撃ち込まれ爆死したのです。私は、ピンポイントで標的を暗殺するイスラエルの武力に恐れを抱きました。ヤシン師は、

『ジハードは神の道を日々勤めることであって、平時にあってはイスラムの教えを実践し、貧困者や孤児を支援する働きが主な任務である。しかし、異教徒の侵略を受けているときは敵との戦いが任務となる』と言われ、社会的な活動と軍事的な戦いの両面での傑出した指導者でした。

私は、今まで何度も校長先生と『ジハード』について話をしました。先生は、『神の道は広い。死を急いではならない』といつも私を諭されます。今日は、日本人のアユミさんに聞いていただきたいと思います。

ニューヨークの世界貿易センタービルがハイジャック機によって爆破されたニュースは

世界中に衝撃を与えたのですが、私には、ネットを通じて知ったこの事件に対するビン・ラーデンの声明はもっと衝撃でした。

『アメリカが今味わっていることは、我々が数十年間にわたって味わってきたことに比べれば大したことではない。ウンマ（イスラム共同体）は八十年以上にわたってこのような屈辱と不名誉を味わってきたのだ。息子たちは殺され、血が流され、その聖域は攻撃されたが誰も耳を貸さず、誰も注目しなかった。何の罪も犯していない数十万人の無辜《むこ》の子供たちが今、イラクで殺されているが、我々は指導者からの非難の声もファトワ（イスラム法に基く法学者の裁定）も聞いていない。誰かが声を上げ、行動に出たということも聞かない』

私は、このビン・ラーデンの声明に打たれました。『クルアーン』の『悔悟章』には《神の道のために生命と財産をなげうって戦った者は天国に行く》とあります。戦った者だけが天国へ行けるのです。私は、ウンマを守るためにファトワに代わって今行動しなければならないと知ったのです。私はいつかイスラエルの国会議事堂を爆破して天国に召されたいと思います」

ここまで聞いて、私にはすぐ返す言葉が見つかりませんでした。

アブドラは宗教的エリートを経て啓示を知るのではなく、インターネットを使ってコーランを読み、直接神と向き合って神の教えを実践しようとしている若い世代の一人です。

アブドラは、話し終わると私のためにコーヒーを淹《い》れてくれました。ここではコーヒーも砂糖も大変な貴重品なのです。

（石沢　歩）

＊＊＊＊＊

晴美は、趣味の渓流竿の手入れに余念のない夫の遊に、読み終えたばかりの新聞を渡しながら、日本では想像もできないワヒード・アブドラ青年の境遇と、異郷の地で初志を貫く歩を思った。

高校生になって、歩と二人で『アラビアのロレンス』という映画を見た帰り道、アラブの反乱軍とともに鉄道を爆破する「ダイナマイトの王子」と呼ばれるロレンスのカッコよさを夢中になって話す晴美に、歩は、

「私はアラビア語を勉強してジャーナリストになりたい」と熱く語った。

またその頃、大変人気だった映画『ドクトル・ジバゴ』を見て、

「主人公ユーリの生き方こそ自分に忠実だと思う」と晴美が言うと、歩は、

「ジバゴは医者でありながら社会に向き合わず、詩の世界に逃げている」

と反論し、議論を戦わせたのを懐かしく思い出した。

その頃から、歩は晴美よりずっと大人だった。

五　ゆめの夢

二〇〇六年の暮れ、夢にロンドンにいる叔母の歩から、初めてクリスマス・カードが届いた。

＊＊＊＊＊

「メリークリスマス。夢さん、歩です。ドバイで遊兄さんにまだ三歳になったばかりの貴女の写真を見せてもらってから、もう二十年も経ってしまいました。あなたはもう大学を卒業されたのでしょうね。多忙を理由に今まであなたにクリスマス・カードすら送りませんでした。クリスマスのプレゼントを何も用意できませんでしたので、手元にあるCDをお送りします。

私は飛行機での移動が多いのですが、機内ではいろんな国の音楽を聴くのが楽しみです。このCDも旅の途中に耳にして今一番の気に入りです。アフリカのミュージシャンで砂漠のブルースを代表するアリ・ファルカ・トゥーレという人です。夢さんにはどう聴こえるかしら。お手紙をください。

石沢　歩

＊＊＊＊＊

夢は、父の妹の歩が母の親友であり、伯父・川淵晃介の昔の恋人であることは知っていたが、それ以上の詳しいことは何も教えてもらえないので、ずっと謎めいたままだった。夢は早速お礼の手紙を書き、最近感動したCDを送った。それは、若い津軽三味線の演奏者がヨーロッパのバイオリニストと共演しているのを偶然CDショップで聴いて、虜《とりこ》になってしまった一枚である。

三味線の土着的な音色とリズムが今の時代に新しく躍動しているのが新鮮で、叔母の送ってくれたCDにも同じものを感じ、手紙の中に「アリ・ファルカ・トゥーレについてもっと知りたい」と書いておいたら、旅先から、小さな文字がいっぱい詰まったハガキが届いた。発信地はエジプトのカイロからだった。

「ファルカ・トゥーレはマリ生まれで、この三月に六十六歳で亡くなった男性です。一九九五年にグラミー賞を獲得しましたが、メジャーになって世界的な成功を収めることには興味がなく、出身の地で家族と農業をしながら、気が向けばレコーディングするという生き方を通していました。

彼の音楽を聴いて津軽三味線のCDを送ってくれたのには驚きました。ファルカ・トゥーレのギター演奏はマリの伝統的な一弦ギターが息づいているといわれていて、三味線の響きとも通じるものがありますね。日本の若い人が伝統の音楽を世界の音楽にしてしまうのを聴くと、今さらのように時代を感じます」と書かれていた。

国を離れた叔母には、この現在の日本はどう見えているのだろうかと、夢は手紙を読み返しながら、まだ会ったことのない歩のことを母に訊ねた。その夜、夢は初めて母から父と歩さんと三人で〝思い出づくりのサイクリング〟をしたときの話を聞いた。

母と歩さんが同じ高校へ進学が決まり、父も工業大学への進学が決まった春のことである。自転車で白鶴湖の畔を走り、神渡神社で休み、神降池まで行って、帰りに鏡湖の夕暮れを見た思い出を懐かしそうに語ったのである。

しかし、リビングに掛けられたタペストリーの『鏡湖』が、遊を慕って何度も思い出の湖をスケッチに行ったときの賜物であることは、まだ晴美は話さなかった。

友達から〝星博士〟と呼ばれる夢は白鶴の里を離れ、希望どおり東京の大学の理学部天文学科に入学した。そこで初めて地球観測衛星で得られたデータを解析して「宙瞰図《ちゅうかんず》」を作る学問を知り、専攻を地球画像解析に決めた。鳥の目のように宇宙から地上を見下ろした画像を科学的に作る分野である。

地球を回る衛星は、地表からの光を青、緑、赤に分けてその強さを測る。そうして得られたデータを基に、植物は緑系、コンクリートなどで覆われた人工物は灰色や白、海や川・湖は青系、土が露出しているところは茶色に表すよう加工して「土地被覆分類図」を作る。衛星画像は丸い地球を平らに観測するので歪《ゆが》んでいる。そこで「幾何補正変換」というのをして、人の目で地上を見る「宙瞰図」を作るのだが、彼女はこれほど夢中になれる学問があるのを知らなかった。

一九八五年に打ち上げられたランドサット5号は、一八五キロメートルの幅を一望でき、地上三十メートルのものまで解像できた。日本列島を狭んで太平洋と日本海が同時に見えるのは驚きだった。

しかし、夢は大学卒業があと一年足らずとなったとき、新たな悩みに囚われた。自分が求めていたのは、地球認識の補助手段として「宙瞰図」を作ることだったのだろうか、と。彼女は、自分が地球という飛行物体と共にこの宇宙に生きていることを、もっと実感したいと思った。そして、多くの人と共感したいと思ったのである。

友人の一人の〝ロケット博士〟と渾名《あだな》がついている森量平《もりりょうへい》にそのことを話したら、

「君は、宇宙飛行士になるべきだ」と断言した。

しかし、宇宙飛行士になるには大変な難関をくぐらねばならない。並外れた頭脳と肉体の持ち主でなければならないのだ。それに、万一選ばれたとしても、宇宙に飛び立つまで十年余りもの訓練に耐えなければならない。

ロケット工学を専攻している量平は、

「君がチャレンジするなら、僕はどこまでもサポートするよ」と言ってくれた。彼の愛の告白でもあった。

夏休みに狼森へ帰ってきた夢は、悩みを母に打ち明けた。その頃、夢は科学的認識のほかに芸術的認識というものがあると考え始めていたのである。

晴美は、自分も夢と同じ年頃に、そうした悩みを遊に聞いてもらったことを懐かしく思い出した。

晴美が初めて「私も画家になりたい」と強く思ったのは、高校の美術部に入ってアメリカの美術誌を見た時であった。

その雑誌にはアンドリュー・ワイエスがケネディ大統領より「メダル・オブ・フリーダム」を授与されたことが書かれていて、ワイエスの出世作『踏みつけられた草』のほかに一九五〇年代の作品が数点掲載されていた。

晴美は、その中の『野原のはずれ』という作品に強く引き付けられた。一九五五年制作の作品で、荒涼とした野原と雪の吹きだまりに枯れたトウモロコシが描かれていて、色彩は雪の白以外は茶色の濃淡で、まるで水墨画のようであった。その風景は、晴美が毎日自転車で通学の道すがら目にしている白鶴の風景と同じであった。

「こんなところが絵になるんだ」という驚きは強烈だった。


晴美は書棚から一冊の本を取り出し、夢に見せた。それは、東京で開催された「アンドリュー・ワイエス展」の展示図録であった。

晴美は遊と二人でその展示会を見に行った日のことを懐かしく思い出しながら、一九七五年に画かれた『火打ち石』というテンペラ画のページを開いた。

そこには右から左へと大きく傾いた巨岩が描かれ、その岩の前には貝やウニ、エビ、蟹《かに》の爪など海の生き物たちの死骸が散らばっていた。それらの死骸にはピンクや深い青の鮮やかな色が残っていて、生きた証《あかし》を示していた。

画面の左奥には少しだけ青い海が描かれていて、その巨岩は氷河が海辺まで運んだのかもしれなかったが、ワイエスは岩の青黒い色から『火打ち石』と名付けていた。夢にはその巨岩が遠い昔、地球に落下した隕石のように思えた。

さらによく見ると、岩には鳥の糞が流れる滝のように付いていていた。晴美は、ワイエスの絵を食い入るように見つめている夢の横顔を見ながら、

「一個の岩ですら、生きもののように存在させることができるのが芸術よね」

と自分に言い聞かせるようにつぶやいた。そして、

「画家は、水彩画の習作では岩の上にカモメを画いていたの。それを取り除き、カモメが今までそこにいたことを見る人に感じさせることにしたの。小さな生きものたちの死骸や糞を画くことによって、そこにいないカモメの存在や生命を強く印象づけているのだわ」

と言った。

夢は母の話を聞いたそのときから、イマジネーションの力で宇宙を伝えることができないだろうかと考えるようになった。

夢は母からもらった上質の紙と透明水彩絵の具を前にしたまま、自分の表現したい宇宙、宇宙から見た地球、地球上の海、山、都市、田園を想像し続けた。写真では伝わらない〝何か〟を問い続けた。その年の冬休みも自宅に帰ってくると、一人、部屋に籠もってイメージを凝縮させていた。

長い冬が終わって、夢は一枚の絵を晴美に見せた。朦朧《もうろう》とした闇が画面の中央で大胆に切り開かれ、眼下の雲間に碧《あお》い地球が見える。僅かな地平線の丸みから、それが空から見た地球だと判る。ほかの絵も抽象的ではあるが、沸き起こる感覚で力強く描かれていた。

どこまでも青い海。緑連なる森林。広大な砂漠。晴美は、今までにこのような絵を見たことがなかった。まして、娘の夢が画いたとは信じられなかった。自分が今まで巡り合いたいと苦しみ抜いて諦めた美の神様に、夢は軽々と遭遇したのだと思った。

夢は母の讃辞《さんじ》に力を得て、創作に没頭した。ブルーの海に浮かぶ珊瑚礁《さんごしょう》、天を突くエベレスト、砂漠の続く黄色い大地、夜景に光る大都市ニューヨーク、そしてパリ、ロンドン、上海、東京。

画面には、目には見えない人々の営みが息づいていた。彼女は、対象から受けた感覚を明確に描くすべをいつの間にか会得していたのだ。

驚きで声も出ない晴美に、夢は、

「私は地球の営みを、人工衛星から実況放送をしているつもりで画いているの」

と事もなげに言うのだった。

夢は大学を卒業すると狼森に帰り、いつの日にか人々が自分の絵を見て、地球と共に宇宙を飛んでいることを共感してもらえることを信じて絵を画き続けた。そして夢は最新作『碧い地球シリーズ』の一枚をロンドンの叔母・歩に送った。

晴美から夢の絵のことを聞いた遊が娘の部屋を訪れると、夢は父に月面の地球観測所の話をした。彼女はその観測所が地球向けのテレビ放送局になるには、月で快適な生活のできる地下都市が必要だと言い、この地球観測所のアイデアを求めた。

これには言葉が出なかったが、遊は夢のアトリエを早急に建てねばならないと思い巡らすのだった。

六　狼森の庭

晴美は人生の半ばに差しかかり、夫の遊と二人で築いてきた日々を振り返るゆとりが持てるようになった。荒れた狼森をキャンバスにして草花を咲かせ、自然の織り成す世界を楽しもうと心に決めた。優れた芸術作品を作ることよりも、一日一日の生き方こそアートだという遊の考えを受け入れることができた。

あの頃、遊は病院で二年近く療養生活を過ごすうちに、大学院に進まず建築家として社会に出たいと考えるようになっていた。

建築家の目で病院という施設を観察すると、新しい発見があった。

病院は人々が病と闘うという一つの目的で集い暮らす集合住宅の一面があった。遊は若い医師や看護師と交わした議論を礎に、病院の基本設計を構築しようとした。集中治療室やナースセンターを施設の中央に置き、談話室や図書室を設ける考えが病院設計の基本構想となった。

この建築のアイデアを遊から聞いて、晴美は心から喜んだ。意気消沈していた遊に、見違えるように生きる意欲が感じられたのである。

退院が決まると遊は晴美に、

「公共施設の設計こそ自分の仕事だと思う。前途に不安はあるが、君と二人でこの道を歩みたい」と熱意を込めて話した。婚約の申し込みであった。

その時、遊には新しく開設する事務所の家賃一年分のお金しかなく、あとは白鶴に処分できずに残った、狼森と名前の付いた雑木林があるだけであった。晴美は笑いながら、

「あなたのお母様だって、お父様の下宿から出発されたのでしょう。私は大丈夫。あなたの仕事が軌道に乗るまで、私は白鶴の高校で美術の教師を続けるわ」と遊を勇気づけてくれた。

遊はこれからの仕事を公共施設の設計に定めると、自分の仕事場を「設計事務所・環境計画研究所」と名付け、遊が師と仰ぐ大学の教授に挨拶に行った。

教授は戦後、都市の劣悪な住宅環境の改善のために尽力され、集合住宅の基本を策定した学者で、「建築は芸術ではない。感性や趣味を持ち込んではならない」と説いてこられた。

遊が学者への道を進まず、建築家として生きる決心を話すと少し落胆されたが、遊のために親しい大手の建設会社を何社か紹介してくれた。

しかし仕事はほとんどなく、この世界で生きていくことの難しさを思い知らされた。

遊は土曜日と日曜日を晴美の家に泊まり、月曜日の朝早く白鶴駅から東京へ行き、週末

まで事務所で寝泊まりする生活を続けた。晴美の両親も、遊の仕事が軌道に乗れば正式に結婚することを条件に二人を支えてくれた。

休みの日は晴れていれば二人で狼森へ行き、一日中灌木《かんぼく》の伐採と雑草刈りで汗を流し、将来の夢を語り合った。


狼森の雑木林は白鶴山の麓にある白鶴湖の南に位置していて、湖の東側にある駅からは車で二十分で行けた。遊の生まれた茅村の外れにあり、晴美の実家がある神渡村からは、白鶴湖に続く鏡湖畔を通って三十分余りのところである。

この狼森は一二〇年ほど前に、一つ山を越えた隣村の牛飼いが牧場として開拓した土地であったが、その事業に失敗してリンゴ園に変わり、そのリンゴ園もまた今ほど品種改良が進んでいなかったので、厳しい冬に耐えられず失敗してしまった。遊の祖父がそれを見かねて使う当てもない土地を買ってやり、父から母の文を経て遊の所有になったのだった。

この雑木林は、大叔母に売却を頼んだときも買い手がつかず、遊に残された唯一の財産であった。三〇〇〇坪余りもあるその土地は、牧草地だったところに灌木が生え、雑木林は深い森へと続いていていた。

遊は建築家らしく、ここに家を建てる条件を考えた。電気は村から引くことができる。水はこの辺りではまだ井戸水だったから、村人に頼んで掘ってもらう必要がある。村からここまでの道も車が通れるように広げなければならない。燃料はプロパンガスと薪だ。

こうして、まず灌木を切り、雑草を抜いて見晴らしの良い広場を作ることから新天地の開拓は始まった。

そんな時、幸いにも療養生活の合間に地方自治体の公民館設計コンペに応募していた設計プランが最優秀賞に選ばれた。そのことをきっかけに少しずつ仕事の依頼が舞い込んできて、少し気持ちにゆとりができたとき、以前、教授の紹介で知り合った大手のゼネコン（建築元請業者）の「太洋建設」から、総合病院の基本設計依頼が舞い込んできた。

遊の設計でこのゼネコンが建てた総合医療センターは、その年の建築作品賞を受賞し、それ以降の病院建築のモデルとなった。

その後、遊は「太洋建設」と組んでいくつもの病院を手がけることになり、「環境計画」と「建築家・石沢遊」の名前も少しは建築業界に知られるようになって、ようやく経営も安定しだした。仕事の拡大に伴いスタッフを充実させ、事務所も都心に移して、会社は潰れずに五年目を迎えることができた。

遊は仕事場の近くに小さなマンションを借りたが、家が完成するまで土曜と日曜は今までと同じように白鶴で晴美と暮らすことにした。

二人の家は晴美の希望どおりヨーロッパの田舎風の木組みの白壁とオレンジ色の瓦屋根にして、リビングには一枚板の大きなテーブルとアンティークな薪の暖炉を据えることに決まった。二階には遊の書斎と二人の寝室に、子供は三人欲しいので部屋を三つ設けるのも晴美の希望であった。

遊は古民家の廃材を家の骨格に使い、落ち着いた洋風の家屋に仕上げることにした。木材の再利用で経済的に建てるということ以上に、遊にとってこの課題は家屋建築の新しい試みでもあった。これから山村の過疎化はますます進み、古民家は顧みられることもなく朽ち果てる運命にあったからである。

地元の棟梁には防寒対策のために床下深く小石を敷きつめ、土壁を従来の二倍の厚さに仕上げるよう求めた。遊が難問だと思っていた井戸はあっけなく解決した。村人に相談に行くと、この狼森を流れる小川は白鶴山の伏流水で、この水があるから牧場が開拓されたのだと教えてくれた。そして、水源を荒らさないためにすべてを開拓せずに森を残したのだと言うのである。

調べてみると、水源には大きな岩があって、その下から泉が湧《わ》き出ていた。保健所で調べてもらうと飲料水として使用できることが判り、遊は改めて狼森の豊かさに畏敬の念を深くするのだった。

家が完成すると、遊と晴美は薪のオーブンストーブを探しに東京のアンティークショップを回り、同時に百貨店で開催されている「アンドリュー・ワイエス展」を観ることにした。

晴美の言う、一日中煮物ができる薪ストーブは、彼女がワイエスの水彩画『煮炊き用薪ストーブ』を見てからどうしても欲しかったのだが、やっと古道具屋で見つけることができた。そしてこのストーブは長く二人の宝物となった。

ワイエスの展示会場に入ると、晴美は横に遊がいるのも忘れて作品に見入った。そして、あの『踏みつけられた草』の前に立ち尽くした。絵に添えられた作者の言葉には「私の自画像である」とあった。

画面には、荒涼とした大地と枯れ草を踏みしめる二本の足と黒いマントの裾が描かれているだけで、ワイエスの顔はなかった。しかし、その足は強く生きる彼の意志を表していた。そこには単なる細密描写のリアリズムではない孤高の生き方が息づいていた。

顔を描かずに自画像を表現するワイエスのこの絵を見て、画家を目指していた晴美は長い苦悶《くもん》の末、その道を諦めることができた。そして自然の中に普遍の美を見出すことをワイエスから学んだ。

遊と晴美は木々の花の咲き競う五月に、結婚式を白鶴湖畔の神渡神社で挙げた。晃介と歩にも知らせたが、二人とも出席できなかった。

大叔母の岩峰綾は車椅子で出席してくれて、

「文さんがいたら、どんなに喜んだだろう」と遊の母を思って涙を流した。

晴美の両親は、やっと地元で結婚式を挙げてくれたことに安堵した。将来の夢を託した晃介が突然大学を辞めて関西の病院に行き、次に希望をつないだ遊までも大学を去り、教育者としての面目を失った思いでいた義父の雄一も、娘の幸せそうな姿を慰めとした。

両親を早く亡くした遊は、晴美の両親にいつまでも二人を見守っていてほしいと願った。

そんな晴美が、いつの間にか部屋いっぱいにため込んだお気に入りの布を、思い切って処分しなければと手に取って見ると、庭の草花の色に似て、改めて布の色の面白さを発見した。この布を処分する前に生かす方法はないものかと考えあぐねているとき、がらんと空いたリビングの大きな壁をタペストリーで埋めることを思いついた。

図柄を何にしようかと考えていたとき、昔、遊と訪れた鏡湖が忘れられず、彼のことを思いながら何度もそこに行ってはスケッチを繰り返していたのを思い出し、取り出してみると、気に入りの布たちが見る見る一枚のスケッチの上に降り注いで、あっという間にあの黄昏時《たそがれどき》の湖が甦《よみがえ》って作品の構想が出来上がってしまったのである。

娘の夢《ゆめ》が東京の大学へ行ってしまい、夫の遊が新しい家に帰ってくるまでの長い一週間を制作に費やして、半年かけて畳二枚分もある大作のパッチワークのタペストリー『鏡湖』は完成した。この作品を大学から帰省した夢の勧めで婦人雑誌の手芸コンテストに出すと、思いも寄らず入賞してしまい、晴美は布のアーティストとして認められるようになった。

天野響子《あまのきょうこ》がこの狼森を訪ねてきたのは、夢が画家になると決心を固めたときだった。この年、夢は『碧い地球シリーズ』の創作に取り組んでいた。

響子は、関西の高校を卒業して街の小さな洋菓子店に勤めながら菓子作りの勉強を続けていたが、たまたま美容院で見開いた女性誌に掲載されていた『鏡湖』とタイトルが付けられたパッチワーク作品の写真と、作者・石沢晴美のプロフィールを読んでいっぺんに晴美のファンになってしまった。名もない森を夫と開拓しながら、こんなに素敵な作品を作った女性がいるのを知って、すぐにもその森を訪れ、作者に会いたいと思った。

彼女は暗いうちに大阪を発《た》ち、白鶴駅でサイクリング自転車を借りて狼森までやってきてしまった。

庭で草取りをしていた晴美を見つけると、「天野響子といいます」と言ってペコリと頭を下げた。そして「私にも手伝わせてください」と言って雑草取りを始めたのである。響子は一刻も早く自分の手で森の暮らしを確かめたかったのだ。

そこへプチバセットの愛犬・フェスが走ってきて、娘の夢にするように響子に体を擦り寄せて甘えた。晴美は響子を不思議な娘だと思った。

晴美は手を休めて「お茶にしましょうか」と言うと、木の下の白いテーブルへ響子を誘った。その時、響子は二十歳代の半ばだったのだが、小柄でふっくらした顔立ちで歳よりずいぶん幼く見えた。

響子には残す草と抜く草の区別が分からなかったが、晴美が、「可愛いと思った草は残し、その草の妨げになる草は抜くのよ。残す草の根を傷めないようにね」と話すと、響子はたいそう驚いた様子だった。

響子が白い花を見つけて指さすと、それはバイカオウレンだと教えられ、こちらの草木はもうすぐ白い花をつけるヤマボウシだという。これはオダマキだから抜かないでねと注意されても、まだ花の咲いていない草木を見分けるのは至難の業であった。この庭には他《よ》所《そ》から持ってきて植えた草花は一つもないのを知って、響子はまたしきりと感心するのだった。

晴美が昼食にキノコのクリームパスタをご馳走すると、響子は美味《おい》しいと大喜びしてくれ、晴美は彼女の素直さがすっかり気に入ってしまった。

響子はリビングに案内されると、壁面に掛けてあるタペストリーの『鏡湖』の前に立ちつくしてしまった。

晴美はミニフレームの刺繍《ししゅう》作品を持ってきて響子に見せた。それは響子が以前に雑誌で見た『草花シリーズ』であった。手のひらに乗るほどの小さな額の中に数枚の布がパッチワークされていて、その布の上に草花の図柄が細密に刺繍されていた。一つ完成させるまでに一か月かかったと聞いて、響子はまた目を丸くした。

三時になると、娘の夢が買い物から帰ってきたので、三人で響子の持ってきてくれたレモン・パイをカリンエキスのホットティーで頂いた。パイは甘さを控えた大人の味で、レモンの酸味とバターの香りが食欲をそそった。

響子はリビングの薪ストーブを見つけると、このオーブンでレモン・パイを焼いて食べてもらいたかったと残念がり、ひとしきりこの薪ストーブで話が弾んだ。新居を建てるときのこだわりの一つが、ダイニングとリビングを同時に暖めてくれる薪のオーブンストーブであったから、料理好きの響子がこれを気に入ってくれたのはうれしかった。

愛犬のフェスもすっかり響子に懐いていて、夢は、自分より三歳年上だという彼女が昔からの友達のように感じられた。

夢は二階の自分の部屋へ響子を案内して、中学生のときに父が買ってくれた天体望遠鏡を見せながら、流れ星の話をした。響子が今までに一度も流れ星を見た記憶がないことを話すと、夢は、

「夜空の星ほど美しいものはないわ。ペルセウス座流星群って知っているでしょう。今年は八月十三日がピークで二十四日くらいまで見えるの。毎年私の友達やその家族がこの草《くさ》原《はら》で『流れ星を数える会』を行うのよ。夕食を済ませ、少し暗くなってから知り合いの人たちや子供たちがやってきて、庭の中央に仰向けに寝ころがって流れ星を数えるの。これは、私が小学生の頃から続いているのよ。慣れれば五、六十個は数えられるわ。初めての

人でも二十個は見つけられるわ」と目を輝かせて話した。

響子が「私も見てみたいなあ」と羨望のまなざしで言うと、夢は、

「八月には招待状を送るわ」と響子に再訪を約束させるのだった。

夢は、さらに庭の奥へ響子を案内した。背の低いクマザサを踏み、苔《こけ》むした倒木が横たわるところまで来ると、そこは拓《ひら》けた広い庭とは別天地のように人の手が入っていない森だった。

突然「キィー、キィー」と高い小鳥の声がしたと思うと、今度は「コンコン、コンコン」と木を打つ音が遠くから響いた。夢からその声の主が百舌鳥《もず》とアカゲラだと教えられた。

カラマツとハルニレの林を通り抜け、再び庭に出ると、高さ二十メートル以上もある立派な円錐型の木がすっくと天を突いて立っていて、その姿の良さに見とれていると、また夢がカツラの木だと教えてくれた。この森を開拓した百年以上も前の人が大切にしてきた木だと言う。

そのカツラの木の下に、可憐な白い花をつけた二輪草が大きく円を描いて群生しているのを発見すると、響子は今ここにいることが本当に幸せだと思えた。そして、夢を羨ましく思った。

晴美が、「今日、鏡湖を回って帰るつもりなら、山の日暮れは早いから早めに発って、またいつか訪ねていらっしゃい」との帰宅を促すと、響子は次にここを訪ねるときは、薪

のオーブンでレモン・パイを焼く約束をして帰って行った。

夏が来て、晴美と夢から『流れ星を数える会』への紹待状をもらい、響子が狼森を訪ねると、〝タペストリーの館〟の二階の小部屋を響子のために綺麗にしておいてくれた。遊と晴美の家を〝タペストリーの館〟と言ったのは響子であるが、再会を喜んでくれた晴美と夢に二階の部屋へ案内されカーテンを開けると、狼森の庭が一望できた。少し離れた所に新しい家の建築が始まっているのが見えた。夢のアトリエだった。このときから夢は画家になる決心を固め、『碧い地球シリーズ』の創作に取り組んでいた。

以前より雑木の伐採が進んでいて、庭の中央は完全な草原になっていた。ところどころに木の根を掘った穴があるのは、遊の奮闘の跡であった。そこを平らにならして、次の年にオオヤマレンゲやヤマボウシやヤマアジサイが花をつけるのを待つのだ。そう、ヤマオダマキも姿を見せてくれるはずである。

響子は草花の知識も少しばかり頭に詰め込んできたので、一刻も早く庭に出て晴美の手伝いをしたくなったが、一階のリビングルームにでんと据えられた薪ストーブのオーブンでレモン・パイを焼こうと、リュックに材料をいっぱい詰め込んでやってきていたのだ。

今日は『流れ星を数える会』の人たちのために、これから夢と二人でレモン・パイ作りに取りかからなければならない。夢にお菓子作りの手ほどきをしながら二十人分ばかりの菓子を焼くと日も傾きはじめ、急ぎ夕食を済ませると三々五々人が集まり始めた。みんな慣れた様子で長袖シャツに長ズボンで、その上にジャケットを着て、持ってきたシートの上にゴロリと寝転ぶのだった。

部屋の電灯を全部消すと、辺りは真っ暗闇になった。空には遮るものが何もなく、狼森が星空観察に絶好の場所であることがよく判った。

響子は夢と並んで流れ星を数え、ひときわ鮮やかな光跡が走るのを認めると、皆と一緒に喚声を上げた。晴美は来てくれた一人一人に、

「大阪から来た響子さんのプレゼントです」と言って紙に包んだパイを配った。

夢は星を数えながら、

「私が初めて星に興味を持ったのは、父が地球上のすべての生命、草花や蝶《ちょう》や犬や私たち人間が、宇宙の星屑《ほしくず》から生まれたって教えてくれた時からなの」

と響子に話した。そして彼女は、ペルセウス座流星群は太陽の周りを約一三〇年かけて回っているスイフト・タットル彗星の塵《ちり》の軌道上を、地球が通過するために見られるのだとレクチャーしてくれた。

ゆめの夢は宇宙から見た地球の姿を絵に描くことだと言い、月に建設された地球観測所からこの狼森の庭を探すことだという。このときはまだ響子にはどこまでが夢物語なのか判らなかったが、〝星博士〟の話に興味は尽きなかった。

夜も更けて子供たちが両親と手をつなぎ、懐中電灯の光とともに一人、二人と帰って行って、最後に三人が残った。晴美が家に入ってからも、夢と響子は飽きずに星を追い続けた。


明くる日の午後、遊がいつもより早く東京から帰ってきた。駅からそう遠くない養魚場に寄って、夕食に間に合うよう鱒《ます》を買い、「ただいま」と言って玄関を入ると、エプロン姿の若い女性が出てきて「お帰りなさい」と迎えてくれた。それが遊と響子の初対面だったが、まるで家の娘のようだった。彼女は慌てて、

「天野響子といいます。晴美先生はサラダ菜を採りに行っておられます」と頭を下げた。

二人とも、安心した表情で笑い合った。響子は遊の差し出す鱒を受け取ると、ムニエルにしてテーブルに並べた。

みんなが夕食のテーブルに着くと、遊は、

「響子さんは、お酒は飲めるの」と訊ね、台所の隅の方から瓶を持ってきて、小さな四つのグラスにそれを注いだ。驚いている響子を見やりながら、

「響子さんに乾杯。我が家の葡萄酒に乾杯」と発声してみんなを笑わせた。

グラスの酒は鮮やかなガーネット色をしていて、少し酸味が強かった。遊は、自分でその味を確かめながら、

「このワインは、この狼森で採った山葡萄から私が作ったんだ。売り物にはできないけれど、我が家の歓迎の儀式用のワインで、一口だけ飲むのがルールなんだ。作り方は簡単だから、後で教えるよ」と愉快そうに話した。

ワイン作りの話に目を輝かせて訊き入っている響子に、同好の士がまた一人増えたのを確認して遊は満足そうであった。

その夜、遊はいつになく饒舌《じょうぜつ》で、

「秋の狼森は本当に素晴らしいよ。森へ入れば黒く熟した山葡萄のほかに木苺《きいちご》やナナカマドやサンキライが赤い実をつけるんだ。それに、ホンシメジやクリタケにエノキダケが自生しているんだ。ぜひ見せたいね」と自慢した。

響子はその夜、一杯のワインで朝までぐっすりと眠った。

朝になると、四人で草原の庭をゆっくりと歩き、森の奥から流れる小川を見に行った。

そこには川幅二メートルばかりの小川がゆっくりと流れ、堰《せ》き止めた深みには鱒が三匹泳いでいた。養魚場から買ってきた鱒の元気な姿を見て、飲み水に異常がないことを確かめるのだと遊は響子に話した。

響子は朝食を済ませると、遊と晴美に礼を言い、夢には、

「秋にはリンゴのタルトを焼いてあげる」と約束して狼森を後にした。

十月に入ったある日、夢から、

「友達の家のリンゴ園から紅玉をたくさんもらったわ。響子さん、早く狼森に来てリンゴのタルトの作り方を教えてくださいい」との便りが来た。響子はある決意のもとに家を出た。草原の入り口に近づくと、晴美が小川の近くから移したというシンボルツリーの肝木《かんぼく》の赤い実が、朝日を受けてビーズのようにキラキラと透明に輝いていた。

庭の向こうからフェスがゴム毬《まり》のように草を分けて走ってきて、その後を追い掛けていくと、散歩を終えた遊と晴美と夢の姿が見えた。三人の上にパラパラと紙吹雪のように黄金色をしたカツラの葉が散り、響子は誘われるようにその景色の中へ走って行った。

四人での朝食の後、響子はフェスを伴ってもう一度狼森の庭を隈なく歩いた。歩きながら、この庭にはまだまだ手入れが必要で、雑木を完全に取り除くだけでも何年もかかるだろうと思案していた。〝タペストリーの館〟の外壁には、短く切りそろえた丸木が高く積まれていて、冬支度が進んでいるのを知った。

響子は晴美が情熱を注いでいる自家菜園の草取りを買って出た。キュウリ、ナス、トマト、ピーマンなどの夏野菜は収穫が終わっていたが、ネギ、ホウレンソウ、ダイコン、ニンジン、カブ、カボチャなど多彩な作物が収穫どきを迎えていた。菜園の奥には果樹園とハーブ園が作られているのが分かり、まだまだ晴美から学ぶことが多いのを知ると響子の胸は膨らんだ。

午後、夢と響子はリンゴのタルト作りを始めることにした。台所には籠いっぱいの紅玉が用意されていたので、早速、夢にお菓子作りの手ほどきを始めた。

リンゴは皮を剥《む》き、くし形に切って種とその周りを除き、水とグラニュー糖とハチミツを入れてジャムにする。タルト生地は薄力粉、砂糖、バターで作る。アーモンド・クリームを作ってから、最後にキャラメルリンゴを作る。クリームをタルト生地に流し込んで、その上にキャラメルリンゴを放射状に並べれば、後はオーブンで焼くだけ。夢は響子先生の手際の良さに驚くばかりだった。

オーブンからはリンゴとバターの甘い香りが部屋中に満ちた。焼き色を確認し、少し冷ましてから最初に作ったリンゴジャムを塗って完成である。パティシエと助手が焼きたてのリンゴタルトをテーブルに運ぶと、首を長くして待っていた遊と晴美が歓声を上げた。

お茶の時間が過ぎ、響子は建設中の夢のアトリエを見せてもらった。それは使われなくなった村の精米小屋を移築したもので、まだ木組みが出来ただけだったが天井の高い立派な建物で、〝星博士〟の話が夢物語ではないのが響子には驚きであった。

次に、〝タペストリーの館〟の二階の一番奥にある、晴美のアトリエに案内された。透明な衣装ケースが天井まで整然と積まれていて、綺麗に布が色分けされているのが見えた。

晴美は、テーブル脇の棚から一冊のスケッチブックを取り出して響子に見せた。燃えるように赤く紅葉した森をバックにして、黄金色をしたハート形の葉が画面いっぱいに乱舞している絵が描かれていた。今朝見たカツラの木の葉が舞い落ちるシーンだった。晴美は、「これから一年かけてタペストリーにしようと思うの」と言った。『鏡湖』に続く二作目の大作だという。晴美が、

「雑誌の仕事も抱えているから、今年の冬は大変だわ」と独り言のようにつぶやくと、

「先生、私に手伝わせてください。どんな仕事でもします。この作品が完成するまで、ここにいさせてください」と、響子が今まで秘めていた決心を話した。

晴美は驚いて、

「本当にいいのね。私はあなたがいてくれれば助かるけれど、お給料も出せないし、教えている余裕もないわよ」と響子の気持ちを確かめるように聞き返した。

響子はずいぶん前からこの狼森に暮らすことができれば、と考えていたのだが、今まで言い出せなかったのだった。

遊も、夢も異存はなかった。夢は新しくお姉さんが出来て大喜びだった。遊夫婦は二人目の娘が出来たようで、その夜は静かな森の一家《いっか》が笑い声で華やいだ。

こうして響子はこの家の一員となり、狼森はさらに賑《にぎ》やかになった。

そんな時、東京の出版社から単行本出版の話が持ちかけられた。雑誌に連載された『草

花のミニフレーム』というシリーズが好評で、作者への関心も高まっているというのである。

晴美は親しみやすいテーマで、読者が作ってみたくなる手芸の作品集になればよいと考えていたが、響子は晴美のライフスタイルブックにすべきだと言った。自分が読者として知りたいのは、どんな人が、どこで、どのようにして作品を生み出すのかだというのである。

響子は、梅、アンズ、カリン、リンゴ、それに大好きな檸檬《れもん》がたわわに実る果樹園も紹介したいと言った。

そうして決まったのが『檸檬のある暮らし』だった。その本は、白い檸檬の花が咲き、米粒ほどの小さな緑色の実が大きくなって、黄色に色づくと、その檸檬を使ったケーキやジャムを庭の木の下で頂く森の暮らしを、晴美のスケッチと文章とパッチワークの作品で紹介し、その作品の作り方と合わせてケーキなどの作り方をも解説するという本になった。

手芸作品は簡単に人のデザイン画を見て作れるものではなかったが、ここでも響子は晴美の目となり手となって、制作を助けた。

『檸檬のある暮らし』は都会の主婦の共感を呼んで好評を得、この本が出版されてから狼森を訪れてくる人がさらに増えた。

初めは響子が手づくりのお菓子やハーブティーなどを振る舞っていたが、近くのペンシヨンなどに泊まって多くの人がやってくるようになると、応対に困ってしまうようになった。

響子は、自分がペンションのオーナーになって、こうしたお客様を迎えてはどうかと考えつき、晴美に話してみたところ、たちどころに反対されてしまった。晴美は、

「私はお客様からお金を頂いてサービスする仕事には向いていないの」と取りつくしまもなかった。

しかし、響子が森の一部を借り、大阪で街の鉄工所を経営している両親に無理を言えば、小さなペンションを作れるかもしれないというアイデアに、夢は大賛成だった。

しばらく経ってから、晴美が、

「あの話、もう一度考えてみようかしら」と響子に言った。晴美が遊に相談した結果だった。

響子はもう二十八歳になっていたから、いつまでも晴美の助手ではいられない歳である。彼女が自立できるように考えなくてはならないというのが遊の考えだった。それに経済的にも少しゆとりが出てきたので、響子のために少しくらいは出費しても良いという話になったのだった。晴美もペンションを建てて、響子に経営をさせて自立させるのも良いと思い直したのである。

こうして小さなペンション計画は動き出した。

建物は響子の希望で〝タペストリーの館〟との一体感を損ねないよう、ヨーロッパの田舎家風にすることになった。一階には、〝タペストリーの館〟と同じように薪ストーブがあり、大きなダイニングテーブルがあった。こちらの家は吹き抜けの天井をなくして客室にし、どの部屋からも森と庭を見渡せるようにした。

全部で八室もの客を響子一人でやって行けるだろうかと、遊も晴美も心配したが、響子はいたって楽観的で、可能な人数の客を受け入れれば良いと言うのである。

秋のオープンに向けて準備に追われる響子を見かねて、最初は「私は何も手伝いませんよ」と言っていた晴美も、カーテンや寝具の調達に同行し、自分の手芸作品を客室やリビングに飾り、いつの間にか大忙しの日々が続いた。

手芸の雑誌や地域のミニコミ誌が「狼森にペンション誕生」と書いてくれた効果もあって、九月のオープンの日から多くの客を迎えることができた。

そして十二月のオフシーズンに入って、響子はやっと以前のように早朝の散策を楽しんだ。

年の暮れになると、熱心な手芸ファンが「ペンションでクリスマスパーティーをしたい」と言ってきたので、響子は一年の締めくくりに客を迎えることにした。

遊は小さな除雪機を新調してバス停まで雪かきをし、夢もパーティーの準備を手伝い、赤い実をつけた肝木の雪を払って《WELCOME TO PENSION OOKAMIMORI》と手書きのボードを立てかけた。

その夜は晴美の〝タペストリーの館〟にも客を迎え入れて、楽しいクリスマスの夜が遅くまで賑わった。


響子のペンションを訪れる人はさらに増え多忙になったが、これで彼女もやっと自立の自信を持つことができるようになった。

ペンションを訪れる客は晴美に会いたいという人も多く、晴美は時間の許す限り〝タペストリーの館〟に招き入れて、響子の作ったハーブティーとケーキを一緒に楽しんだ。

あまり社交的ではなかった晴美だったが、見知らぬ訪問者と会話をすることも楽しく思えるようになった。


夢のアトリエが完成して五年後、夢は森量平と「神渡神社」で結婚式を挙げた。夢は二十七歳になっていた。二人ともできることなら月で式を挙げたかったのだが、まだまだ夢物語である。

夢の故郷の「神渡神社」のご神体が山であることを知り、山を崇《あが》めることは地球を崇めることと同じではないかと変に納得をして、父と母がそうしたように「神渡神社」で挙式することにしたのだった。量平も夢の考えを面白いと同意した。

そしてほどなく二人の間に娘の空《そら》が生まれた。

夫の量平は都内の社宅から金曜日に夜遅く帰ってきて、月曜日には朝暗いうちに白鶴の駅から東京の「航空工学研究所」へ出勤するので、夢は駅までの送り迎えが大変だったが、また楽しかった。

晴美はそんな生活を何十年も続けてきたので驚かなかったが、家族が増えてうれしかった。

七　塩の爆弾

遊は自分が設立した設計事務所「環境計画」を後進に譲ろうと決心した経緯を、妻の晴美にも詳しくは話していない。遊は自分の心の奥にあるもう一人の〝私〟と向かいあっていた。あのとき、なぜあのような行動に出たのだろうかと思い悩んだ。

病院や公民館などの公共施設の設計で高く評価されて会社も軌道に乗り、成功した経営者の一人として若い後継者に後を託したとしても不思議ではないから、このことについて多くを語る必要はないと心に決めたのだった。

もともと、学問としての建築学を志していた遊には会社の経営はあまり楽しいものではなかったから、いずれは「環境計画」を後継者に渡して、学問としての住環境を研究したいと思っていた。

だが、会社を辞める決心を促したのは思わぬ出来事からだった。それは、得意先の「峰組」から山小屋の「白鶴ヒュッテ」の買い取りを求められたことが発端であった。

「峰組」は遊の経営する設計事務所のクライアントの一つである。副所長の平原は大学の後輩で、遊を慕ってこの「峰組」から遊の事務所に移ってきたのだが、「峰組」は長年の放漫な経営の結果、銀行が経営立て直しに乗り込んできて、無駄な資産の見直しを始めたのである。

槍玉に上がった事業の一つが、多額の費用をつぎ込んだうえ建屋の破損のため休業に追い込まれていた「白鶴ヒュッテ」である。そこで目をつけられたのが、遊が経営する設計事務所「環境計画」で、その「白鶴ヒュッテ」を帳簿価格の二億円で買い取るよう求められたのである。

遊は、思わず驚きの声を出しそうになった。副所長の平原によれば、「峰組」の新しい経営陣は前経営陣の負の遺産を消したうえで一族経営を一掃したいと考えているので、この話は受け入れるべきだと強く主張した。

遊より経営の才能があり、「峰組」の事情にも精通している平原は、ここで新しい経営陣に協力しておけば、必ず設計料や建築監督料の名目で補填してくれるはずだから、会社にとって損はないというのである。

会社には無駄な金など一円もない。設計事務所の仕事は受注から入金までの期間が長いので、仕事の進捗に合わせた分割支払いを受けるが、それでも一〇〇人近くになっている社員の一年分の給料と、事務所の家賃分の資金は最低必要である。

遊は、この話はきっぱりと断るべきだと思ったが、そのヒュッテが価値のないものであることを証明してから断っても遅くはないと思い直して、平原のチャーターしたヘリコプターに乗り込み、自分で白鶴山の「白鶴ヒュッテ」へ行くことにした。

昔、テレビの映像で見た赤い屋根の山小屋を上空から見たとき、遊の脳裏に三十年前のあのときが悪夢のように甦ってきた。

＊＊＊＊

その山小屋は、登山家としても知られているゼネコン「峰組」の御曹子が、会社の社会貢献事業の一つだという触れ込みで、中央連峰登山の起点である白鶴山に建設を思い立ったものだった。

遊の高校時代の山岳部の先輩が、山に詳しいアルバイターを探しているというので、白鶴なら出身地でもあり残りの夏を山で過ごすのも悪くないと思って、早速了解したのだった。

しばらくして遊は新しい山小屋「白鶴ヒュッテ」の建設場所が、高校時代に合宿で利用していた「無限望」であるのを知って驚いた。山小屋「無限望」は地元出身の詩人が大正時代に開設したもので、当時は多くの岳人や文人や画家たちに愛されたところであったが、詩人の死とともに廃業し、忘れられていった。

戦後しばらくして、その志を継ぐ人によって山小屋は再開されたが、交通の便がよくなり登山ルートが新しく出来ると再び忘れ去られ、昔の中央連峰縦走ルートを懐かしむ登山家や、地元高校生のクラブ活動の拠点として利用されるのみだった。

遊は「峰組」の専務のアイデアという「白鶴ヒュッテ」の設計図とパース（完成図）を見てびっくりした。ヒュッテの前にはヘリポートが描かれていた。遊は、これは登山客の山小屋ではないと直感した。

ヒュッテは「無限望」より上の稜線を跨《また》いだ大屋根の二階建てで、そこからの眺めは三六〇度中央連峰を展望できる絶景ではあったが、その建物は自然の山脈《やまなみ》の美しさを遮って威圧的であった。

二階が宿泊室で、一階には大きなストーブを囲んだ談話室と食堂、調理室、シャワールーム、トイレ、乾燥室、貯蔵庫などがあり、ディーゼル発電機も設置されることになっていた。

よく見ると、談話室の端にはグランドピアノが描かれていた。その建物は談話室の中央に立つ巨大な柱が大屋根の梁《はり》を支え、広い空間を作るという斬新なデザインではあったが、遊は積雪の多いこの地方の山小屋の構造としては疑問を感じた。

遊が高校の山岳部で歩き慣れた白鶴高原の「おかげ森」を通り抜け、標高二五〇〇メートルの白鶴山の山小屋にたどり着いたときには、後ろの中央連峰が夕日に赤く染まっていた。

「無限望」はまだ昔のまま残っていて、作業員の宿舎として使われていた。山の仲間はビールで新入りに乾杯してくれ、懐かしい山小屋は男たちの笑い声で満たされて、遊は合宿のときの楽しさを思い出した。


しかし、酒がまわると座の空気ががらりと変わって、

「峰組が何だ。オレは明日にも山を下りるぞ」

「お坊っちゃんの道楽に付き合ってられるか」

「ヘリコプターで山登りだって？　いったいどんな方がお越しになるんかね」

「こんなの建てたって誰にも自慢できやしないよ」

などなど、日頃の不満の大洪水となった。

資材以外のすべての費用が下請会社の負担であることは、ここへ送り込まれた作業員にもよく判っていて、このプチホテルが親会社の馬鹿息子の道楽だとみんなが思っているのを遊が理解するのに時間はかからなかった。ヒュッテの宿泊室の一つは専務の特別室であることや、貯蔵庫にはワインクーラーまで設置されることまでみんながよく知っていた。

後日、遊が工大の建築科の学生だと知っている現場監督は、

「一〇〇〇人以上も泊まれるホテルを建ててきた自分が、どうしてこんな小屋を建てねばならんのか」と新参者に愚痴をこぼした。その監督が、

「現場の連中の不満を会社に説明して、善後策を講じてくる」と言い残して下山して三日

目に、ボッカ（山小屋へ資材を運ぶ職人）が野菜や魚や肉などの生鮮食品を届けてくれて、調理人も腕が振るえると喜び、三日遅れの新聞も読めるようになったが、監督は戻ってこなかった。

代わりに新任の若い監督が、ディーゼル発電機や水汲みポンプとともにヘリコプターでやってきた。彼は着任するとすぐ全員を招集し、初雪の降るまでにどんなことをしてでも作業を完了させると宣言し、不平、不満のある者の下山を促した。

遊には進捗状態の管理を要求した。遊が運び込まれたボードに工期の遅れを書き込むたびに、作業員は意欲を失っていく。そして無理な作業で怪我人まで出るようになってしまった。

新しい監督は、必要なコストは会社の問題だと割り切って出費を惜しまず、人海戦術で工期を早め、一刻も早くこの仕事から離れる決心をしていた。彼は、

「解決できる者がいないから、会社はこのオレを山に送り込んだのだ」

とみんなの前で言ってのけた。

作業員の多くが入れ替わっていき、仕事に対する不慣れと酷《きび》しい作業スケジュールで、以前にも増して不満が渦巻いていた。監督は違法を承知で不足する作業員をヘリコプターで補充し、指定された完工日を守ろうと必死だった。

遊がこれ以上この仕事を続けられないと思い悩んでいたとき、脳裏に以前アルバイトで

知り合った男の言葉が甦ってきた。

遊のアルバイトは、一日二往復して都心の建設現場までミキサー車を運転するという仕事であった。これは、建築を学ぶからには現場を知るべきだという青年らしい意欲からであったが、遊はそれまで恵まれて育ち、現実の社会に対峙《たいじ》することにためらいがあるのをよく知っていたから、そんな自分の弱さを克服するためにこの厳しい環境に身を置くことにしたのだった。

それに当時、大都会は建設ラッシュで賃金も高騰していて、二か月も頑張れば学生の半年分の生活費くらいは稼げるのも、経済的にゆとりのない身には魅力であった。

砂利採取の飯場で同室になった男と二人でスーパーマーケットで買った弁当を食べているとき、男は弁当箱をもう一つ取り出すと、中の白い飯を目の前にあった生コンミキサーへ投げ入れた。遊が呆気《あっけ》にとられているうちに、白い飯は生コンと一緒にバキュームパイプに吸い上げられて建物の中へ消えて行ってしまった。

遊がその男の顔をまじまじと見ながら、

「今のは何なんですか」

と問い正すと、男は平然と、

「塩だよ。塩のバクダンだよ」

と言った。慌てて、

「そんなことすれば鉄骨が腐蝕《ふしょく》して、コンクリートが剥がれ落ちてしまうじゃないですか」

と詰問すると、彼は動じるふうもなく、

「いいじゃないか。建物が崩れれば、またオレたちに仕事が回ってくるんだ。君も知っているように、今じゃ川砂利が不足して海砂利を使っているが、検査を厳しくすりゃ工期はどんどん遅れるから、しょっぱい砂利も使ってるんだ。車を洗った水もバキュームで送り出してしまうやつもいるから、コンクリートの強度なんか判ったものじゃない。オレは意地が悪いから、崩れるのを少しばかり早めてやろうと思ってね」と意に介さない。

「このビルはオレが建てたって言えるヤツがエリートで、この建物が壊れればまた仕事ができるなんて思うのが俺たちさ。君はどちらか知らないがね」

と皮肉っぽく笑ってみせたのだった。


その日はプチホテルの基礎を固める日であった。遊は建ててはならない建築物もあることを確信すると、まだ固まっていないコンクリートの中へ大量の食塩を放り込んだ。

遊は山小屋の完成を見ずにその日のうちに山を下りて、一人下宿で正月を迎えると、所在なくテレビを点《つ》けた。画面には見慣れた中央連峰の山脈《やまなみ》が映り、その景色をぼんやり眺めていると、山の稜線に朝日が当たり、赤い屋根の山小屋がくっきりと見えた。

次の瞬間、画面は室内に変わり、日の出に向かって「おめでとう。乾杯！」という歓声を上げている男たちが映った。テレビのレポーターは、「東京から五十分で二五〇〇メートルの山頂にやってきました！」と声を弾ませていた。「白鶴ヒュッテ」で迎える初日の出をテレビが中継放送しているのだった。

赤ワインで乾杯するのは、山岳界の重鎮である年輩の男と、遊にアルバイトを紹介してくれた山岳写真家と、このヒュッテのオーナーである「峰組」の専務だった。みんな口々に新しい大衆登山の幕開けを語り、新年を祝っていた。

遊は朝日がワイングラスに輝くのを見ながら、静かにテレビを消した。

＊＊＊＊＊

遊がヘリコプターを降りて最初に目にした光景は、崩れ落ちた真っ赤な大屋根であった。入り口は瓦礫《がれき》に埋まっていた。

小さな三角窓から這《は》うようにして建屋の中へ入り、壊れた梯子《はしご》を伝って下へ降りると、大きな支柱が倒れていた。支柱の下は砕けたコンクリートの山だった。

遊はその場に座り込むと、〈これが塩の爆弾か〉と心の中で叫んだ。遊は初雪が降るまでには完工しなければならないと作業員たちと苦闘していたあのときを、まざまざと思い出した。

遊はこの日を境に会社経営の意欲を失っていった。体調が優れないのでしばらく仕事を休みたいと「環境計画」の平原に伝え、山小屋の件は彼に任せた。

そして、すべてを忘れて晴美が育んだ狼森の庭〝ハルミ・ガーデン〟で愛犬のフェスと戯れ、朝露を踏んで草原《くさはら》を歩き、庭にテーブルを出して妻と朝食を食べ、午後には響子の焼いてくれたアップルパイでお茶を楽しんだ。夕べには娘の夢と孫の空の三人、草原に寝転がって星を探し、夜は妻と親しんだ。

八　ペンション・響《ひびき》

遊は設計事務所「環境計画」を副所長の平原に任せ、狼森で過ごすようになって、今までにない解放感を楽しんだ。

朝早く目が覚めると一人秋色に染まり始めた庭の草を踏み、クマザサを分けて森の奥まで歩くと、砂を巻き上げて湧き出る水源を確認するのを日課とした。そして小川の堰《せき》に鱒を確認すると心が安らいだ。時には晴美や響子と一緒に散策をし、二人が話すペンションの来客の様子や、これから作る作品のアイデアなどを聞くともなく聞いているのも楽しかった。

晴美はこうした遊の姿を、建築家として次へ進むために必要な一つのステップなのだろうと理解していた。

今までにも増して満ち足りた日々を送っていたとき、晴美に二冊目の出版の話が来た。晴美はまだ本に収録していない手芸作品を載せ、描きためたスケッチを基に庭づくりの歴史も書きたかった。

響子のペンションも今まで以上に忙しくなってきていたので、本作りを手伝ってもらうのも容易でないことはよく判っていたが、二人は本作りのアイデアを夢中になって出し合った。

出版社に具体的なスケジュールを話せないまま日が少しずつ過ぎたある日、響子から思いがけない提案があった。それは、響子が高校時代の同窓会に行ったとき出会った友達についてである。

関西ではよく知られた老舗の料亭で料理人をしているというその男性に、響子が白鶴山の麓にあるペンションで働いていて、広大な庭に無農薬で野菜や果物を栽培し、ハーブ園もあることを話した。ついでに、ペンションのオーナーは著名な建築家で、奥様は響子の尊敬する手芸家、ほかに娘さん夫婦と子供が一人いて、自分は実質的には森のペンションの経営者だと少し自慢げに言ってしまったのである。

それを聞いて、その男性が、

「近々、今勤めているところを辞めるつもりだけど、僕もそんな環境で料理を作りたいなあ」としきりに羨ましがった。

響子は、みんなに「勝《かっ》ちゃん」と呼ばれているその男性、山路勝一《やまじかついち》の顔が思い浮かび、勝ちゃんがここに来てくれれば、自分はケーキづくりや野菜やハーブの栽培にもっと精を出すことができ、ペンションの運営も楽になる。そうすれば新しい本づくりを手伝う時間もたっぷり取れると考えたのである。

晴美は響子と勝ちゃんの関係を量りかねたが、響子が、

「狼森で働けるなら、勝ちゃんは喜んで来てくれると思います」

と強く言うので、その勝ちゃんが気に入ってくれれば、晴美の本の原稿が出来上がるまで年内いっぱい働いてもらうことになった。

勝ちゃんは、まだ雪深い三月にリュック一つ背負ってやってきた。頭髪を刈り上げにした、体育会系の元気な青年であった。

勝ちゃんは狼森の広い雪野原を見ると歓声を上げ、迎えに出たフェスと駆けっこをし、雪まみれになってペンションのリビングに入ってくると、大きな薪ストーブに目を丸くして、

「いいですね。一日中シチューを温めておけますね」

とうれしそうに声を弾ませた。堅苦しい挨拶は苦手なようだったが、勝ちゃんは響子の言うとおり人柄の良さそうな明るい青年だったので、晴美も一安心した。

勝ちゃんは挨拶もそこそこに、早速ペンションの台所に入って調理器具を点検すると、

「今晩から、私が皆さんの食事を作りますよ。今日は何にしましょう」と訊く。

勝ちゃんはいろんな職場を渡り歩いたので、どんな料理でも一応作れるのだそうだ。

「ただし、自己流ですけどね」と戯《おど》けて言う。

「料理は食べた人が美味しいと言ってくれればよいので、料理人や店の主人が薀蓄《うんちく》を語る

必要は全くない」というのが彼の哲学だった。

夢はそれを聞いて、絵画も見る人が何を感じるかが問題であって、画家が制作意図を解説する必要はないと考えていたので、会った日から気心の知れた仲間になってしまった。

その夜のペンションのテーブルには、魚介類のリゾットが出た。ほかはハーブドレッシングのカブのサラダだけのシンプルな夕食だったが、その味にみんな大満足した。

勝ちゃんはお酒が好きなようで、遊が大切にしていた白ワインを何度も乾杯しながら飲み干した。勝ちゃんのあまりにも開けっぴろげで陽気な性格に、雪国のみんなは最初ビックリしていたのだが、いつの間にか、リゾット一皿で夜遅くまで笑い声が絶えなかった。

こうして勝ちゃんがみんなに受け入れられて、響子は胸をなで下ろした。勝ちゃんは一週間の間に、響子が買い込んでいた食材だけでイタリアン、フレンチ、中華、和食と、毎晩異なったメニューでみんなを喜ばせてくれたのである。


晴美と響子は新しい本のタイトルを『ハーブのある暮らし』とすることにした。そして、この本は「ハーブ」を基本テーマにして、園芸、手芸、ケーキ作り、料理と展開し、晴美の庭づくりの総集編とすることになった。

ハーブを使った料理や飲み物のアイデアは、勝ちゃんからたっぷり仕入れることができるし、菓子作りは響子がいる。手芸はすでにハーブを題材にした作品が何点もある。晴美は狼森の風景やシンボルツリーの肝木、果樹園とハーブ園、ペンションのある風景、薪ストーブのあるダイニングなどを、スケッチや手芸作品で紹介しようと意欲的であった。

勝ちゃんがペンションに来てくれたおかげで、響子は余裕をもって客のもてなしができたし、本の制作にも十分時間をさくことができた。その甲斐あって、本の制作は予定より早く進み、秋の終わりには原稿が完成して、あとは出版社から送られてくる校正刷りを待つばかりになった。

晴美は、本のあとがきに天野響子と山路勝一の名前を挙げ、感謝の気持ちを記した。

「天野響子はお菓子作りのプロとしてアイデアを提供してくれただけではなく、この本の共同企画者であり、手芸作品の共同制作者である」と称《たた》えた。

「山路勝一は料理の専門家として、多彩なハーブの使い方を教えてくれた。この二人なくして『ハーブのある暮らし』は完成しなかった」と識《しる》した。

本の制作も一段落したある日、晴美は響子に、

「勝ちゃんは帰りそうにないけれど、響子ちゃんはどうするの」と訊いてみた。

響子はもう三十三歳になっていたので二人の関係が気がかりだった。

響子が、

「勝ちゃんはいい人だと思うけど、大阪にどんな人を残してきたのか知らないし……」

と言葉を濁すので、勝ちゃんに訊いてみると、

「大阪に釣り残してきたのは山女魚《やまめ》だけですよ」

と自分のフライフィッシングの趣味に引っかけて、笑い話にしてしまった。

その勝ちゃんが、

「もうしばらく、ここにいさせてもらっていいですか」と言ってきた。

冬の間もペンションを続けたいと言うので、晴美は「ペンション・狼森」ではなく、別の良い名前を二人で付けるようにアドバイスした。

一週間後、響子と勝ちゃんは「ペンション・響《ひびき》」にしたいと言ってきた。


山の雪も解け始めた頃、遊は、勝ちゃんからフライフィッシングの手ほどきを受けることになった。遊に新しい楽しみが一つ増え、庭の小川の堰に岩魚《いわな》を加えることができたのである。

こうして、新しい出会いによって、狼森はさらに賑わいを増した。

九　イスラムの息子・アブドラ

ロンドンの歩のもとへ、政情不安定なカイロからワヒード・アブドラのメールが届いた。そこには、「パレスチナのアラファト議長が逝去し、イスラエルのシャロン首相も死んで、パレスチナは『ハマース』と『アッバス』の内戦状態に陥ってしまいました。昨日、大学近くのタハール広場では『民主主義を守れ』と叫ぶデモ隊と、『ムスリム同胞団は武装して国を乗っ取った』と叫ぶ民衆がぶつかり、三十年続いたムバラク政権が崩壊してから僅か二年五か月で、ムスリム政権が崩壊してしまいました」と書かれていて、「カイロでは物価が倍近くも上がり、治安は極度に悪くなっています」

と近況が記されていた。そして最後に、

「今年の十二月に日本で情報科学のシンポジウムが開催されるのですが、エジプトからは私がパネリストとして出席することになりました。私はまだ大学の講師ですが、この分野を研究する人が少ないですから」と明るいニュースも書いてあった。

歩は早速返事を書き、日本へ旅立つ〝イスラムの息子〟に、日本でぜひ会ってほしい友への紹介状を添えた。

＊＊＊＊＊

アブドラ、私は今、あなたの日本への旅立ちを前にして、あなた以上に心が躍っています。きっとそこにはあなたの想像を超えた人々と社会が待っています。

日本は決して理想郷ではありませんが、最も進んだ資本主義国の一つであり、また貧富の格差が広がりつつある国でもあります。

私は、今から四十年余り前、外国語大学でアラビア語を学んでいた頃、大きな社会の矛盾に立ち向かうため闘争に参加していました。その頃、日本の若者の多くは猛烈な勢いで先進国に肩を並べようとする経済優先の社会と、既成のあらゆる権威に立ち向かい、これを変えたいと思ったのです。

若者の間には様々な考えや党派がありましたが、私はどこにも属さずノンセクト・ラジカルと呼ばれていました。これも一つの党派でしたが、すべての既成権力を否定し、国家さえ否定しました。自分の心の自由と共同体の平安な暮らしのためには、死んでもいいとさえ思っていたのです。

仲間には詩人や画家や学者の卵、漫画家や音楽家もいて、みんな明るく、闘争は楽しかった。私たちの合言葉は「自己解放」と「自己否定」でした。今考えると、私はアナーキズムのユートピアを夢想していたのです。そして、多くの「ノンセクト大衆」に支えられていると信じていました。

しかし、闘争が国家権力に粉砕されると、私たちにはどこにも帰るところはなく、霧散していったのです。仲間の何人かは自殺をしてしまいました。

私たちは戦後の民主主義と、平等、平和の教育の申し子です。そのうえ、アブドラ、あなたと同じように私は早くに父親と死に別れ、世の中をうまく生きるすべを学びませんでした。

今思えば、人の生きる道は様々であり、世界中探しても暴力で築けるユートピアなどどこにもないと分かりますが、そのときは純粋に、自分の気持ちのままに生きたいと思っていたのです。ですから、あなたがイスラムの理想に帰ろうと思うのも少しは理解できます。

だけど、私が初めてガザで会ったときに、あなたが、

「私もいつかイスラエルの国会議事堂を爆破して天国に召されたいと思います」と言うのを聞いたときは本当に驚きました。私も、かつて日本の国会議事堂を爆破しようとしたことがあったからです。それ以来、私はアブドラ、あなたのことが忘れられなくなったのです。

私がイスラムの世界を知って人の生きる多様性を知ったように、あなたが日本に行って、東洋の人々を知れば、あなたの生き方も少しは変わると思うのです。

私は、日本に旅立つあなたに五通の紹介状と、日本滞在中の生活に困らないよう少しばかりの餞別《せんべつ》を送ります。紹介状は、渡す前に読んでください。少しでも多く私のことを知ってほしいのです。

日本のお母さん　アユミより

十　五通の紹介状

―ワヒード・アブドラをよろしく―

アブドラは東京で開催される国際情報科学シンポジウムに出席するため、十二月半ばにカイロを発った。歩の送った五通の紹介状の冒頭部分は、どれも共通の書き出しで始まっていた。

――私のイスラムの息子、ワヒード・アブドラをご紹介します。

アブドラとは彼が高校生のときにガザで出会って以来、不思議な縁で今日まで自分の息子のように付き合ってきました。その彼も今では大学の講師になり、今回、情報科学学会のシンポジウムのために初めて日本に行きます。

私の理解では彼は数理学者です。彼は、夢さんにお願いして送っていただいたテキストで日本語をマスターし、日常会話には不自由しません。

私は彼に、アラビア語の通じない世界に身を置いて故郷のパレスチナを考えなさいと言ってきました。今まで彼の周りに日本人は私しかいません。この機会に全く知らない国で多くの人と出会い、話し、自分の国を相対化する視点を持てれば未来が見えてくるだろうと期待しています。
貴方《あなた》が彼の良き話し相手になってくだされればうれしく思います。――

アブドラは、シンポジウムのテーマ「予測と制御の数学理論」のパネリストとしての準備に追われ、紹介状をじっくり読む時間がなかったが、必ず全員に会いたいと思った。歩の心配りを無駄にしたくなかった。
ホテルの窓の向こうに大都市東京の夜景を見下ろし、自分の想像していた東洋の日本というイメージとはかけ離れた高層ビルの林立する異国を不思議に感じながら、明日、このホテルを訪ねてくれる深谷香織《ふかやかおり》宛の紹介状を読んだ。

紹介状・深谷香織さんへ
私のイスラムの息子、ワヒード・アブドラを紹介します。……
今、私は香織さんとの出会いの日から今日までを懐かしく思い出しています。貴女が十四歳、私は二十一歳でした。私が日本を脱出する直前に香織さんが作ってくれたパエリアの味は、今もよく覚えています。

そう、私は日本を出るまで半月余りも貴女の家に匿《かくま》ってもらっていたのです。亡くなられた貴女のお母様、陽子さんのおかげで今の私があるのです。

お母様は図書館で働いておられたので、香織さんが学校から帰ってくるのが私は待ちどおしくって仕方がありませんでした。貴女がいつも一人で夕食の準備をするのを知って感心してしまいました。その時に香織さんに教えてもらったシーフードのパエリアを、今も思い出しながら作っています。私はお礼に英語のお勉強のお手伝いを少しだけしましたね。

私は外語大の新聞部に入ると、いつの間にかノンセクト・ラジカルと呼ばれていた学生運動の組織の一員となりました。そこは既成のどの政党にも属さず、メンバーの自発的な行動を重視するアナーキスト的な人の集まりでした。

大学の医学部改革から始まった学園闘争が国家権力によって粉砕され、行き場を失っていたとき、「女性ネットワーク」という会を主宰されていた陽子さんに出会い、女性の生きる本当の悩みを知らず、生活基盤を持たない学生が声高に社会改革を説く愚かさを諭されました。

私が学生運動から距離を置こうと考え始めたとき、所属するセクトから国家権力に対する最後の反撃のシンボルとして国会議事堂を爆破する計画を知らされ、私は今までの言動の証として計画の実行を迫られました。

学生運動は、その存在意義と指導力を競って先鋭過激化して、ますます市民の支持を得られなくなっていったのですが、私はまだ仲間との絆《きずな》を断つ決心がつかないまま、計画の細部を知らされずに実行者となりました。そして、私は同棲していた川渕晃介さんの下宿を出ました。この計画が彼に迷惑をかけることを危惧したのです。

彼は前途を嘱望された循環器内科学の講師で、医学部改革の理論的リーダーの一人でしたが、学生が「大学解体」を叫ぶようになると、「造反教師」の一人として改革運動から消えて行ってしまいました。晃介さんは、学生時代に日米軍事同盟に反対する戦後最大の国民運動・「安保闘争」を経験し、闘いの挫折を経験している世代です。晃介さんは、初めから私のように政治改革に夢は持っていなかったのです。

私は保守党政治家の公用車の運転手の手引きで、車のトランクルームに身を潜めて駐車場に入り、衛士の導きで補助階段を国会議事堂の四階まで上がりました。恐怖とボストンバッグの重さに耐えられず、目的の九階までたどり着けずにうずくまっていると、先ほどの衛士が素早くやってきて、「あとは僕がやる。君は早く車に戻れ」と命令すると、荷物を引ったくって姿を消しました。

私はまたトランクルームに身を潜め無事にそこを脱出し、二十四時間後のそのときをあなたの家で待ちました。もし一人でも人を傷つけるようなことになれば自首しようと決心していました。

私は仲間からの電話で、爆破計画が失敗に終わったことを知りました。私にもこの計画がどうして失敗したのか分かりません。衛士が思いとどまったのか、時限装置が作動しなかったのか、あるいは、当局が事前に発見して撤去したのかもしれない。その後どこからもこの計画についての発表はありませんでしたが、私はセクトと治安当局の両方から追及される身となってしまったのです。

陽子さんの家に匿ってもらっているとき、私は体調を壊し病院へ行き、初めて私の悩みのすべてを陽子さんに話したのです。そして、陽子さんのアドバイスと、B・P通信の極東支配人だったリチャード・ロビンズの助けを得て日本を脱出したのです。そのとき、私は二十一歳でした。

ロビンズは今、私の人生のパートナーです。私の日本脱出の本当の理由を知っているのは陽子さんとロビンズ、そして香織さんだけです。

香織さん、貴女の勧めで書き始めた『アラブの春ってなに』という中東問題の入門書は頓挫したままです。ツイッターやフェイスブックで不公平な社会への不満を爆発させた若者たちの夢は打ち砕かれ、アラブ世界は今、嵐が吹き荒れていて、その先にどのような希望が見出せるのか私には判らないからです。

統治経験を持たない革命は社会を混乱させ、人々の生活を崩壊させます。民主主義を知らない民衆は、過激な言動に突き動かされたり統制力のある軍政を望みます。それが今、私とアブドラの一番の悩みなのです。

ところで、貴女の「里山再生ネットワーク」運動はどのように発展しているのでしょうか。日本の過疎地の自立は今後、ますます切実な問題となります。貴女がミニコミ誌の記者をしながら山里再生に関心を持つようになった経緯と、日本の田舎の現状を、ぜひアブドラに話してあげてください。

そして時間が許すならば、彼を狼森に案内してあげてほしいのです。兄の遊さんと奥様の晴美さん、娘さんの夢さん、それに「ペンション・響」の皆さんにアブドラを会わせてあげたいのです。きっと彼の視野も広くなると思うのです。

どうか、アブドラをよろしくお願いします。

二〇一三年十一月　石沢歩より

香織とアブドラは、クリスマス・イブの前日に白鶴の狼森を訪れることにした。

アブドラは訪れる前にもう一度、歩の持たせてくれた紹介状を読み返した。

紹介状・私の生涯の友、晴美さんへ

私のイスラムの息子、ワヒード・アブドラを紹介します。……

今、私は晴美さんとの出会いの日から今日までを懐かしく思い出しています。

貴女との出会いは小学生の頃からです。お母様のお使いで時々お萩やクッキーを届けに来てくれて、遅くまで二人でお喋《しゃべ》りをしましたね。私の母が生前、貴女のお母様にお花やお茶を教えていたので、そのお礼だって聞いたけれど、私はあのクッキーが大好きでした。

私たちが同じ高校へ進学が決まり、兄の遊さんも東京の大学に入学が決まって、何もすることのない空白の日に、兄を誘って〝思い出づくりのサイクリング〟をしましたね。あの時、夕暮れの鏡湖の桟橋で食べたドーナツの味と、三人で分けあって飲んだ魔法瓶の紅茶は懐かしい思い出です。そして、兄の横顔を見つめていた晴美さんを今もはっきり覚えています。

それを母に報告しようと翌日病院に行ったのですが、母はそれを聞かずに逝ってしまいました。その思い出の鏡湖をモチーフにしたタペストリーの制作で、貴女は布のアーティストとして世に認められたのですから羨ましい限りです。

この前、お手紙と一緒に、貴女の作品集『檸檬のある暮らし』を送っていただいて感動しました。そしてあなたが今までどのように生きてきたのかを知り、改めてあなたを尊敬しました。晴美さんのつくり上げた〝ハルミ・ガーデン〟で、もう一度みんなが再会できればどんなに幸せでしょう。

私は貴女に話す機会もなく、貴女のお兄さんの晃介さんと交際することになり、別れることになりました。今はこれも人生だと思えるようになりました。晴美さんと遊さんには、夢さんという立派な娘さんに、孫の空ちゃんまでいてお幸せですね。

今日、貴女を訪ねて行くワヒード・アブドラは、私には息子のような存在です。どうか、晴美さんの生涯の作品である〝ハルミ・ガーデン〟の素晴らしさを堪能させてあげてください。きっと彼は、自然と共に生きる貴女の生き方から何かを学ぶはずです。

私もそう遠くないうちに、ロビンズと会いに行きます。

二〇一三年十一月　歩より

紹介状・遊兄さんへ

私のイスラムの息子、ワヒード・アブドラを紹介します。……

兄さん、私は今年で六十四歳になりました。二人っきりの兄妹なのに、一緒に暮らした時間の方がずっと短くなってしまいましたね。

私は高校生の頃まで、兄さん以上の人が現れるまで男の人を好きになることはないだろうと思っていたの。でも兄さんを晴美さんに奪われ（こんな言い方をしてごめんなさい）、私は彼女の兄の晃介さんを好きになってしまいました。晃介さんは時には先生であり、また時には同志でしたが、ついに別れることになってしまいました。

今、私は、手芸家としての晴美さんや、建築家としての兄さんにではなく、共に同じ時を生きる仲間としてお二人を尊敬しています。心配ばかりかけてきた私ですけれども、これからもよろしく。

ご報告しましたように、私はロビンズとロンドンに住み、週末には彼の父の住んでいる生まれ故郷のチェルシーに行っています。彼はＢ・Ｐ通信を辞めてから母校の教授になり、今『現代アジア政治史』の執筆に没頭していますが、息抜きに時々鱒釣りを楽しんでいます。そして、いつの日にか兄さんを彼の故郷のクイーンズビレッジに案内して、心行くまでフライフィッシングを楽しみたいと言っています。

彼は兄さんのことをよく話題にし、

「自分の作った設計会社を後進に譲り、建設されるあてのない空想の建築設計に打ち込んでいる石沢遊という男はすごい」と言っています。「遊びのように仕事をするところが素晴らしいのだ」と言うのです。

私のイスラムの息子アブドラは、情報科学を専攻する科学者ですが、彼は熱烈なイスラム教徒でもあります。ガザで生まれたパレスチナ人ですから、同胞を思う気持ちは私の想像を超えています。

彼が遠く離れた日本から、ウンマ（共同社会）のために何ができるかを静かに思索する機会が持てればと願わずにはおれません。彼は兄さんから、一日一日を楽しく生きることこそ大切だと教えられるはずです。ワヒード・アブドラをよろしく。

最後になりますが、私は夢さんから兄さんの会社が思いもよらぬ苦境に立たされていることを聞きましたが、兄さんならきっと立派に初志を貫徹されると信じています。

二〇〇一三年十一月　歩より

紹介状・夢さんへ
私のイスラムの息子、ワヒード・アブドラを紹介します。……

夢さん、ニューヨークでの個展の成功、本当におめでとう。

ロビンズは、「ユメさんは、世界に認められるアース・アートの旗手だ」と大変な喜びようです。あなたから贈られた作品『碧い地球シリーズNo.5・奇跡の星』を、いつもロビンズと眺めています。

初めて貴方の作品を見たとき、あまりの大胆な表現と色彩に圧倒されました。夢さんの手紙に「私は地球の営みを人工衛星から実況放送をしているつもりで画いているの。宇宙を人間が地球と共に飛んでいるんだと感じられるようになれば、人々の人間観は変わると思うのです」と書いてあるのを読んで、本当に夢さんは遊さんの思慮深さと、晴美さんの芸術的な洞察力を受け継いだんだと思いました。どちらも私に欠けている才能だわ。素晴らしい娘を持ったご両親が羨ましいわ。

でも、今は私にもアブドラという息子がいるのが自慢です。彼も貴女に会えば、きっと大きく目を見開かれることでしょう。友達になってあげてください。

娘さんの空ちゃんはもう三歳でしょうか。週末に東京から〝ハルミ・ガーデン〟へ通ってくるご主人の量平さんにもよろしくお伝えください。お二人の「神渡神社」での挙式の写真の横に空ちゃんの写真を飾りたいので、最近のスナップ写真を一枚送ってください。

ではまた。

二〇一三年十一月　歩より

十一　出会い

十二月二十三日。アブドラと香織が白鶴の駅に降り立つと、駅には「ペンション・響」と書かれたワゴン車が止められていて、ペンションのオーナーの山路勝一、通称「勝ちゃん」が迎えに来ていた。

車で二十分ほどカラマツ林の中を走ると養鱒場《ようそんじょう》に着き、車の中に二人を置いたまま勝ちゃんは鱒を買いに走って行った。

車が小さな村の中を通り抜けると大きく視界が開け、草原のように広い庭の前にたどり着くと、シンボルツリーの肝木が赤い実をたわわにつけていて、まるでクリスマス・ツリーのように二人を迎えてくれた。

庭の草が紅葉色に染まり、その向こうにはすっかり葉を落とした林が見え、さらに濃い緑色の森が続いている。そして庭の中ほどには、白壁にオレンジ色の屋根瓦の家が三軒建っていた。

アブドラは今までこのような景色を見たことがなかったので、茫然《ぼうぜん》と見とれていると、勝ちゃんが、

「一番奥が夢さんのアトリエで、次が私と響子さんのペンションです。手前が遊さんと晴美さんの住まいです」と説明してくれ、

「今年はまだ雪が積もったことがありませんが、今夜から降りそうですから、明日の朝は雪化粧の森を散策されるといいですね」と言った。

「ペンション・響」に案内されると、勝ちゃんの奥さんの響子が、三人の女の子と一緒に出迎えた。長女は香《かおり》、次女は咲《さき》、三女は清《きよ》といった。響子は香織とアブドラを二階の部屋に案内すると、

「気に入ったら何日でも滞在してくださいね」と言った。

子供たちは三人ともまだ幼稚園児くらいと思えたが、立派にペンションの働き手だった。お姉さんの香はアブドラのカバンを持ち、咲は窓のカーテンを開け、庭の眺めを自慢した。清も仔犬を連れて上がってきた。アブドラは広大な森を見渡しながら、静かな冬の佇《たたず》まいも美しいと思った。

薪ストーブで暖められたリビングからは美味しそうなバターの香りがして、お茶の時刻を告げていた。ここでは三時になるとみんな仕事の手を休めて、ストーブの前の大きな木のテーブルに着くのが習わしとなっていた。

母屋の方から廊下伝いにペンションにやってきた晴美は、歩と同じ年のはずだったが、アブドラにはもっと若く見えた。すらりとした細身の彼女と握手をしたとき、その指が意

外にも男のように太く逞しいのを不思議に思った。

そこへ、ずんぐりした年輩の男性が庭から現れ、彼が「遊さん」であることはすぐ分かった。彼はアブドラを旧知のようにテーブルに案内すると、子供のように響子にお菓子とお茶の催促をした。

響子は朝から用意していたレモン・パイとカリンのホットティーを運ぶと、少し遅れて、夢が娘の空と若い外国人の女性を伴って入ってきた。

メンバーがそろうと、改めて香織がアブドラを紹介した。

「ワヒード・アブドラさんはパレスチナの出身で、今はカイロの大学で数理学の講師をされています。今回、東京で開かれた情報科学のシンポジウムのパネリストの一人として来日されました。ロンドンに住んでおられる歩さんは、彼が未知の日本に遭遇し、新しい自分を発見されるよう、この〝ハルミ・ガーデン〟の訪問を勧められ、私がご案内しました」

と言うと、アブドラは歩の紹介状を、遊と晴美と夢に手渡した。

夢は自分のそばに座っている若い女性をアブドラに紹介した。名前はベラ・アシュケナジーといい、アメリカ人で、夢がニューヨークで個展を開くきっかけを作ってくれた恩人である。

夢が東京の小さなギャラリーで初めて個展を開いたとき、ベラは叔父の経営する画廊の仕事で東京に来ていたのだった。ベラは初めて見る夢の絵『碧い地球シリーズ』に強く引きつけられ、ニューヨークでの個展を熱心に勧めてくれたのだった。

夢は、東京ではあまり注目されなかった自分の作品が、初めて訪れたニューヨークで好評だったことに感激し、これから画家として生きていくうえで大きな自信を得た。

ベラはニューヨークでの個展が終わったあと、夢を追いかけるように日本へやってくると、夢のアトリエに泊まって絵を画いているというのである。

アブドラは、若くてチャーミングなベラに一目で強く惹《ひ》かれた。それは反撥《はんぱつ》と誘引とでも言うべき相反する感情だった。アシュケナジーというから彼女はユダヤ人に違いない。それにしてもこのようなところでユダヤ人に会おうとは思わなかった。

アブドラが戸惑っているのを気にするふうもなく、ベラは、

「ここでアラブ人に会うって不思議な感じ」と喜んでいるのだった。よく動くブラウンの目が彼女の頭の回転の速さを表していた。色白でふっくらした顔立ちの彼女はずいぶん若く見えたが、アブドラとあまり歳が変わらないのを後で知った。

夢は歩の手紙に目を通してから、

「叔母様は貴方のことを『私のイスラムの息子』って言っているわね」

と紹介すると、アブドラは恥ずかしそうに、

「アユミさんはよくそういう言い方をするので、私の母ガルフは、『アユミさんに大切な息子を取られたようで寂しい』と冗談を言うんです」と応じると、みんなが笑った。

アブドラの日本語があまりにも上手なのが話題になると、

「ユメさんがアユミさんに届けてくださった日本語テキストとCDを頂いて勉強しました。それまではアニメのビデオとマンガで日本語のレッスンをしていたのですが、しっかりした本を読めるようにならないと日本は理解できないとアユミさんに注意されました。ですから、私の日本語はまだまだです」と謙遜したので、みんなから称賛の拍手を受けた。

アブドラと香織は、夢とベラの誘いでアトリエへ移った。

そこに巨大なイーゼルが二つ立てかけてあって、その一つはまだキャンバスにブルーの淡い下地が塗ってあるだけであったが、もう一つの方は天空から下界を見下ろしたような構図で、ビルの林立する大都会が黒いペンで細密に線描きされ、アクリル絵の具とカラースプレーで鮮やかに着色されていた。ビルの窓の一つ一つに人影が画き込まれていて、人々の営みがよく覗《うかが》えた。広大な公園には犬を連れて散歩する家族の姿があった。

画家の視点は複雑だったが、そこには天空から見た都市と、大都市の市民の日常生活が生き生きと描かれていた。

二人の驚いた様子を眺めていたベラは、

「これが私のマンハッタンなの」と言った。夢は「私の絵はこちらよ」と、後ろの壁に掛かった作品『碧い地球シリーズ』を指さした。

夢は、量平の勤務地にある都内の社宅と狼森のアトリエの二か所を生活の拠点にしていた。アトリエの奥には夢の部屋とベラの部屋があり、夢が狼森に帰って絵を描いているときは、量平も週末の土曜、日曜日にここに来て泊まっているのだった。

夢が部屋に入ってしばらくすると、天井のスピーカーから静かにチェロの低音が響き、だんだんと軽快にリズムを刻むとさらにテンポを速め、激しいピッキングで一気に天空に駆け昇るように弦の鋭い音が大音響で炸裂《さくれつ》した。

夢は「いい音でしょう。クロアチア出身の若い二人組のチェリスト『トゥー・チェロズ』よ」と言った。繊細さと大胆さが入り交じった弦の響きがエネルギッシュに渦を巻き、混《こん》沌《とん》とした宇宙を感じさせた。

夢の作品に目を移すと、その絵はチェロの演奏と共鳴し合って躍動していた。暗闇を切り開いたような光の隙間から青い地球が見え、その地球がものすごいスピードで走り去ろうとしているように思えた。夢は、

「この地球にみんな住んでいるのよって言いたいの。このCDは歩さんのプレゼントなの。私はこの音楽にインスパイアされて自分の絵が描けるようになったのよ。

地球上のいろんな出来事も、混沌とした宇宙の営みの一部だと思うの。みんなこの地球と共に宇宙を飛んでいるんだと感じられるようになれば、争い事も小さく見え、かけがえのないこの地球を大切にしようと思うのじゃないかしら」とアブドラに語りかけた。

夢の話が終わるとベラが話を取って、

「私はニューヨークの大学で美術史の勉強をして叔父の画廊を手伝っていたのですが、東京のギャラリーで初めてユメさんの作品を見て、新しいアース・アートに出会い、感動しました。私の勉強していたマルク・シャガールの絵とユメさんの絵には大きな共通点があることに気づき、それを一生懸命話し、ニューヨークで個展をすべきだと彼女を説得したんです」と言う。話の続きを夢が、

「日本語とアメリカン・イングリッシュを交えて夢中になって話すので、ベラの話はよくは理解できなかったけれど、彼女は『私の生まれ故郷のマンハッタン島を宇宙から見下ろして、シャガールのように描いてほしい』と言うの。私は、その視点こそ素晴らしいと思い、いっそのこと自分でその想いを画いてみたらって勧めたの。そしたら、私を追いかけるようにこの白鶴にやってきて、このアトリエに住みついてしまったの」

と笑いながら楽しそうに話した。

夕食のために、またみんながペンションに集まってきた。勝ちゃんは、迎えの車の中でアブドラから料理について注文を訊いておいたので、案心して腕を振るうことができた。アブドラは豚肉以外はすべてＯＫと言い、お酒は乾杯だけと答えていた。

響子はみんながテーブルに着いたのを見て、

「それではメニューのご説明をさせていただきます。サラダはカブで、岩塩とワインビネ

ガーで召し上がってください。野菜料理はトマト煮です。ズッキーニ、ニンジン、セロリにトマト、これにタイムとベイリーフを加えています。シーフードはさっき買ってきた鱒のムニエルです。お肉は白鶴湖で捕れた鴨の香草焼きです。イタリアンパセリとタラゴンを使いました。デザートはアップルパイとカモミールティーです。では、ごゆっくりお召し上がりください」と案内し、

「今日のお料理のレシピは晴美さんの著書『ハーブのある暮らし』に載っていますから、お気に召したら作ってみてください」とにこやかに案内をすると、遊がみんなのグラスに自家製のガーネット色のワインを少しだけ注ぎ、

「それでは、遠来のお客さんであるワヒード・アブドラ君に乾杯」と発声し、和やかな宴《うたげ》が始まった。

香織はアブドラの横に席を取って、彼がみんなの輪の中に入って行けるよう気配りし、このペンションで出される料理はほとんどがここの農園で栽培された野菜であり、地元で捕れた野鳥や魚であることをアブドラに話した。

そして、響子が二十五歳くらいのときに、晴美を慕って大阪からこの狼森を何度も訪ねてきて、晴美の作品集の出版が決まると作品制作の助手となったことや、遊が響子の将来の自立を考えてこのペンションを建て、響子が同窓生で料理人をしていた勝ちゃんをここに呼んで、今の「ペンション・響」があるのだと説明した。香織は、

「ペンションは、晴美さんの作品と、この庭を見たいという人で賑わっています。勝ちゃんや響子さんは、この地域の経済自立の先駆者です」と褒め讃えた。

アブドラは、日本の田舎の豊かさに新鮮な驚きを覚えた。

食事の後、遊はアブドラのためにこの森の歴史を語った。

「ここは標高が一〇〇〇メートル以上もある高地集落で、古代より日本海の塩を運ぶ塩の道があって、今も白鶴湖の周辺にその道が残っているんだ。地理的に日本列島の中心と言える。縄文時代や弥生時代の土器が発掘されていて、ここは有史以前からの地と言ってもいいかもしれない。

今、私たちが住んでいるところは狼森という地名がついているから、昔は狼の棲《す》む森だったのだろう。今から一二〇年ほど前にここを拓いて牧場にしようとした人がいたんだが、雪深い土地で上手くいかなかった。その後、この土地を利用してリンゴ園を始めた人がいたが、今のように寒冷地に適応した品種改良が進んでいなかったので、これも失敗してしまったんだ。その土地が、私の祖父、父、母、そして私へと伝わって、晴美さんと二人でこの森を拓いたんだ。

本当は、私に残された財産はこの狼森しかなかったんだよ。勝ちゃんと響子さんが来てくれて、ここも少しは知られるようになったってわけだ。今、乾杯で飲んでいただいたワインも、この森に自生する山葡萄から私が作りました。あまり美味しいとは言えないけれど、ここでの儀式用の酒です」

遊の話が終わると、ベラが、

「私はユメさんの絵に魅せられてここまで来てしまったのですけれど、私の祖父も日本とは縁があるんですよ」と話しだした。

「祖父は兄がユダヤ教の司教をしていたので、革命下のロシアを通って中国の大連《だいれん》に逃れ、そこも危なくなって、戦争の始まる前に日本の神戸へ渡ったんです。十九歳のときだそうです。ここで商館に勤めて貿易の実務を習得したのですが、日本とアメリカが戦争を始めることになって、祖父は曾祖父のいるニューヨークへ移ったの。

日本が戦争に負け、ＧＨＱが日本の経済復興のためにアメリカから経済界のミッションを招聘《しょうへい》したのですが、そのメンバーの中に祖父がいたのです。祖父は繊維製品の輸入や砂糖の輸出で利益を得ると、その資金で船会社の経営に乗り出し、朝鮮戦争で莫大な財産を作ったんです。

祖父は亡くなる前に、私のような子供にも『日本人は世界で一番信頼できるビジネスパートナーだ』と話し、日本語の勉強を勧めたんです。でも、私の日本語への興味はアブドラと同様に、日本のアニメからですけど」と自分と日本との縁を話した。

この夜は人の出会いの不思議について話が盛り上がり、誰も赤々と燃える暖炉のそばを離れようとしなかった。窓の外は勝ちゃんの予測どおりパウダースノーが深々と降り続き、窓からもれる光に、雪が小さな星のようにキラキラと輝いていた。

朝、夜の明けるのを待って、アブドラは響子が用意しておいてくれた防寒服と長靴を身につけると部屋の外に出てみた。目の前に白一色の広い空間が広がり、すべての音が吸い込まれてしまったようで幻想的だった。

十センチほど積もった雪をキュッキュッと踏みしめて庭へ出ると木道が見え、その上に新しい足跡が森の奥へと続いていた。その足跡を追って行くと、雪野原の終わったところに大木が一本すっくりと立っていて、その木の向こうに夢とベラがいた。

夢はアブドラに気づいて、

「おはよう。よく眠れたかしら」と明るく声をかけ、ベラは「素晴らしい雪景色でしょう」と自慢げに言った。アブドラは、

「こんなにきれいな雪を見るのは初めてなんです」と驚いてみせた。

ベラは、新入りのアブドラのために森の案内役を買って出た。

「この大きな木は、一五〇年以上も生きているカツラの木よ。一か月前には黄金色のハート型をした葉が、パラパラと紙吹雪のように一週間も降り続いて壮観だったわ。そして辺り一面にキャラメルを焦がしたような甘い香りが漂ったわ。

私は六月にここへ来たんだけど、木々が緑の芽を吹く初夏も素敵だったわ。カツラの木

の周りには二輪草が大きくサークルを描いて白い花の絨毯になるの。八月になると、この辺り一面にタンポポの黄色い花が咲いて、見飽きることがないわ。この雪景色からは想像できないでしょう」と言い、ベラは木道を先へと進んで行き、

「この森を流れる小川の水源を案内しましょう」と言った。

水源は苔むした大きな岩の下で、清らかな水が絶え間なく湧き出して、両岸の雪の間を静かに流れていた。

「この水は白鶴山の伏流水で、一年中十五度くらいを保っていて、冬でも凍結しないの。だからここに牧場が開拓されたんですって」とベラのガイドは止まらない。

水の流れに沿って木道を歩むと、二メートルばかりの川幅を堰き止めたところに鱒が三匹と岩魚が一匹、ゆっくりと泳いでいるのが確認できた。

鱒は養鱒場から買ってきた魚だが、黒い肌に白い斑点をちりばめた岩魚は、フライフィッシングの名手で遊さんの釣りの師匠である勝ちゃんが、白鶴山の渓谷で釣ってきてここに放流したもので、ときどきその元気な姿を確認して、飲料水として異常がないか確かめているのだと夢が説明を加えた。

朝の散策を終えて戻ると、みんなが三人の帰りを待っていてくれ、ダイニングテーブルには温かいハーブティーと焼きたての米パンが用意されていた。響子の長女と次女がリンゴジャムと赤かぶのサラダを運んでくれて、朝食が始まった。

アブドラは朝食を食べながら、誰に問うともなく、
「庭を流れる水が飲めて、朝食べるだけの野菜を菜園で採って、自家製のハーブティーとジャムが作れ、地元で穫れるお米のパンを食べられるなんて夢のようですね。こんな国がほかにあるでしょうか」と話した。自分の生まれたパレスチナの貧しさが頭をよぎったのである。

隣に座った香織が、
「日本のどこでも庭を流れる水を飲んでいるわけではないけれども、田舎に行けばまだまだたくさんそんなところがあるわ。外国で川の水が飲めるのはニュージーランドくらいかしら」と言ってから、
「日本には十分食糧を自給できるだけの土地があるのに、休耕田にして荒廃させてしまっているんだから、あまり自慢できないわ」と嘆いた。

食事が終わって、アブドラはもっと香織から「里山再生ネットワーク」の話を聞きたいと言った。

香織は、食糧とエネルギーの自足にこそ田舎の未来があると言う。彼女は「おもてなし」によって外部の人を村に迎えようとする考えを発展させて、田舎の経済的自立こそ安定した暮らしに必要だと考えるようになっていたのだが、同じ考えを持つ人が地方にもたくさ

んいて、そうした人々の活動をネットワーク情報として共有することによって、全国的な活動になると自分の役割を語り、明日はネットワークづくりのために、ある山村を訪れる予定だという。

その山村では、山の間伐材を合成木材に加工し、残りの木屑を固形のチップにして一般家庭の暖房や農業用ハウスのボイラー燃料にすることで、地域外に出るお金を大きくセーブすることに成功しているというのであった。

加工した木材のチップは、灯油のように小型のトラックで各家庭の屋外タンクに補給し、家の中でスイッチボタンを押すだけで点火して温度管理ができるように暖房器具も工夫されているという話を、ペンションの響子も身を乗り出して聞いていた。

遊は、「建築の分野でも新しい合成木材が耐火性・耐震性の面から注目されていて、この森の中にも研究のための小さな平屋を建てたので、あとで見てほしい」とアブドラに言った。

その合成木材は、従来の一方向に板を貼り合わせるのではなく、縦、横に何層にも貼り合わせることによって大きく強度と耐火性が増し、四階建てのビルも建設が可能だという。

香織によれば、「ペンション・響」も山村の製材所も、新しい村の姿の一つなのだった。

そして地方活性化の情報共有は漁村にも広がっていて、漁師の老齢化で市場に出せない少量の魚をイケスに生かしておいて、一週間に一度、港で直販して成果を上げている事例に関心が集まっているという。

アブドラは、歩が香織を紹介してくれた意味が少し分かったような気がした。世界的な大都市の東京ばかりが日本ではないことを教えてくれたのである。


朝食を終えると、遊はアブドラとベラを森の中の実験家屋に案内した。

その家は、暗い森の中にスポットライトを浴びたように白く輝いていた。僅かばかり拓かれた空間に太陽の光が差し込み、その中に小さな平屋がポツンと建っていたのである。

二人が遊の後について家に入ると、すぐ下へ降りる階段があり、半地階の部屋があった。リビングの中央に薪ストーブがあり、部屋の奥には小さなテーブルとロッキングチェアが置かれていた。ストーブにはすでに火が入れてあって、二人を暖かく迎えてくれた。

遊はテーブルの下から丸木の椅子を取り出して、部屋を注意深く観察している二人に座るよう促すと、

「これが僕の終《つい》の棲家で「ミニマム・ハウス」と呼んでいるんだがね。夫婦二人で住める一番小さな家で、約六十平方メートル。日本風に言えば三間×六間で、十八坪の住まいということになる。これで、バス、トイレとキッチンがあって、小さなベッドルームもあるんだ。

長年の暮らしでたまった物を捨て、身一つでシンプルに生きると決めれば、これだけの

空間があれば十分だというミニマム・ハウスの考えを形にしたのがこの家なんだよ。四角の鉄枠に間伐材で出来た厚手の合板を壁面に二重に嵌《は》め込んで、床と天井にも同じ板を敷き、三角屋根を被せれば出来上がりという、いたって簡便な家なんだ。

あとは必要なところにドアを付け、窓を切ればいいんだ。外壁は防腐用ペンキを塗り、内側は木のままか壁紙を貼る。ローコストの家で、コンクリートの基礎が出来ていれば一週間で完成させられるんだよ」

と、遊は二人にコーヒーを淹《い》れながら得意げに話した。

ベラは出されたビターチョコレートを頬張りながら、

「目の高さに庭が広がって、まるで隠れ家のようですね」

と言い、アブドラは、

「先生の瞑想室ですね」と言った。

遊は二人の感想を聞きながら満足そうに、

「そのとおり。〝個民家〟とも言ってるんだが〝瞑想室〟もいいね」と言った。

しかし、彼がこの家の設計を思い立ったのは、二〇一一年三月の東日本大震災を知った後である。低コストで素早く建てられる住宅が、今こそ必要だと思ったのである。

災害時の避難所はプレハブで建てられるのが普通だが、建設までに早くても二、三か月はかかり、その間、地域の体育館や公民館の劣悪な環境で過ごさねばならない。プレハブでの避難生活が終わると、また新しい住居を探さねばならない。

遊は十分な強度のある合板を開発した山村の製材所の話を香織から聞き、すぐ西日本の山奥の村を訪ねて、合板の強度と製作可能なサイズを設計に生かし、町の鉄工所にも行って合板を嵌め込む鉄枠のアイデアを得た。そうして出来上がったのが、この「ミニマム・ハウス」である。

このハウスにはすでに家電製品が組み込まれていて、居住者はカタログで好みのタイプを選択できる。また、ハウスを連結して大きな住居を確保することもできる。

そのほかに、避難所を建てる場所が急には確保できないという問題があったから、遊は平時からインフラを備えた場所を確保するために、広い市民運動場と市民の憩いの森を作るプランを考えていた。

遊は、この特殊合板のアイデアをさらに一歩進めて、ＦＲＰ（繊維強化プラスチック）で屋根部分と壁をそれぞれ一体成型し、床と天井部分に四角の鉄枠を作って、ここに嵌め込むアイデアを思いついた。

ＦＲＰは二重構造にして中に断熱材を入れ、断熱と防音効果を持たせる。そして家のサイズを一段と縮小し、トレーラーに積んで全国どこへでも運べるようにするというのだった。

トレーラーの最大サイズは二・四メートル×十二・一メートルで約九坪なので、十八坪のミニマム・ハウスにするには、このトレーラーを二個つなげばよい。また、合板で作る「個民家」の方は、そのアイデアを無償で公開し、「里山再生ネットワーク」を通じて普及を促すというのである。

これを聞いたベラは、

「アメリカではトレーラーハウスを列車に積んで緊急避難住宅にしているわ」と言った。しかし、日本にはトレーラーハウスの文化がない。それにプレハブは利権化していてほかの方法では政府の補助金が下りにくいから、遊のアイデアが実現に至るのは容易ではないのだった。

遊の後を継いで所長になった平原は、このアイデアを聞いて、東南アジアで大規模に製産し、次の東海大震災のときは、急遽《きゅうきょ》大量に船で輸入して対応できる体制をつくるというビジネスプランを、来春には東京の展示会で発表したいと言ってきた。

アブドラはこの話を聞きながら、自分の故郷の家を想い浮かべていた。湿った土間に、薄い板張りの壁とトタンの屋根。寒い家で、母は今日も一人で食事をしているに違いない。合板であれFRPであれ、大量に生産した家を家電製品のようにカタログで買えれば、どんなに素晴らしいかと思った。

アブドラは、森の中で一人の建築家が設計した家が、企業家によって世界中に広まるというダイナミックな日本のビジネスにも、驚きを禁じ得なかった。

遊の話を聞いていたベラは、

「再生可能な資源を使ったアイデアからFRPの家を思いつき、家電製品のようにカタログで販売しようとする考えは少しクレイジーだわ。でも、アメリカじゃ当たり前の話だけど」とおどけてみせた。

遊は「行く路《みち》は幾通りもあるってことだよ」と笑った。

ベラが天井にくっついている梯子を見つけ、「あれは何ですか」と訊く。

遊が「日本の民家に古くからある吊り梯子だよ。天井裏に昇るときに下ろして使うんだ」と教えると、ベラはアブドラに梯子を持ってもらって屋根裏部屋へ昇っていった。そして、華やいだ声でアブドラにも早く昇ってくるよう催促するのだった。

そこは非常時用の食料や日用品をストックしておく場所で、日本家屋の知恵だという。

背の高いアブドラは、腰を伸ばして立つこともできなかったが、三角屋根の奥に開いた明かり窓からは、雪を落としたツガの大木が目の前に迫って見えた。

恐る恐る梯子を下りたベラが、

「友達が来たときにはここで寝てもらえばいいわね」と言ったあと、大切なことを聞き忘れていたというふうに、不意に、

「遊さんは、どうして自分の作った会社を平原という人に譲ったんですか」と訊ねた。

遊は「そのことはまた次の機会にでも話そう。もう昼食の時間だから向こうへ帰らないと」と言って二人を促した。

ペンションに戻ると晴美と香織が待っていて、温かい野菜スープとチーズリゾットをテーブルに運んでくれた。リゾットは今、晴美がはまっている料理で、新しいレシピがもう二十種類以上も出来ていて、

「気に入っていただけたら、毎日オリジナルリゾットを出してもいいわよ」

と楽しそうに言った。

アブドラは食事の手を止め、

「さっき、家電製品のように家を作る話を伺ってふと思ったんですが、私の住んでいたパレスチナでは毎日のように停電があって、電気製品を頼りに生活することはとてもできません。電気の自給自足はできないのでしょうか」と横に座った遊に訊ねた。

「福島の原子力発電所の大事故以来、日本では、原発なくしては経済的発展は望めないという考えと、ほかの電力の開発で十分発展できるという考えが対立しているんだ。家庭で電力の自給自足ができると一番いいのだけれども、僕が今、一番注目しているのは、個人の家に太陽光発電装置とリチウムイオン蓄電池、それに送受電を制御するサーバーを設置して、電力が余った家庭が足りない家庭に、自営線を使って電力を送る技術の実用化が研究されていることなんだ。必要な電力の八割を自然エネルギーで賄えるようにする計画ら

しいんだけど、木材燃料との併用を考えれば、家庭で必要なエネルギーの一〇〇パーセント自給も夢ではない。しかし、これにはあらゆる分野の人々の努力の結集が必要なんだよ。香織さんが話してくれたように、エネルギーと食糧が自給自足できる社会がこの日本で実現できれば、世界の人々にも朗報だね」と遊はみんなに語った。

聞いていた香織も、

「今、バイオマスエネルギーで町の電力をすべて賄おうというプロジェクトも進んでいるの。日本の山には伐採木材の四十パーセントが放置されたままになっていて、この木材を燃料にして発電するというアイデアなの。私たちもできることからやらなくっちゃ」と言った。

昼食を済ますと、香織は「里山ネットワーク」の人たちに会うため関西へ向かって出発していった。そしてアブドラは、狼森で日本の正月を迎えることにした。

晴美や夢以上に熱心にアブドラを引き留めたのは、ベラだった。ベラは、

「私はもっと貴方を知りたい。アブドラはミステリアスだもの。それに、貴方はまだ私のことを何も知らないんだから」と悪戯《いたずら》っぽく言うのだった。

十二　アブドラとベラ

アブドラは日本へ来て十日余りになるが、その間、シンポジウムでのパーティー以来、アラブ人には一人も会っていなかった。パレスチナやエジプトがどうなっているのか心配であった。

ベラは彼の気持ちを察すると、晴美に話して過去一か月分の新聞を借りてきてくれた。そして、

「切ってもいいそうだからスクラップ・ブックを作りましょう。貴方が赤ペンで印を付けたら私が切って貼っていくわ」と言う。ベラはアブドラが今、何に関心を持っているのか早く知りたいのだった。

新聞を開くと《エジプト・強まる言論統制》という大きな見出しが目に入った。アブドラはベラのいるのも忘れ、夢中になって記事を追った。

アレクサンドリアでは「軍政反対」のデモに参加した若い女性たち十四人に禁錮刑十一年の判決が言い渡され、国内に釈放を求める声が上がると禁錮一年の執行猶予となって、彼女たちはその日のうちに家に帰ったと書かれていて、法廷で鉄格子の中から微笑《ほほえ》んでい

る被告人たちの写真が掲載されていた。そして《減刑には、米からの圧力》と書いてあった。

アブドラが読み進むと、新しく制定された「デモ規制法」によって、反政府デモは「テロ」と解釈されており、「テロ組織とはムルシ前大統領の出身母体ムスリム同胞団を指す」と解説が付いていた。

また、軍の行動を批判的に報じたアルジャジーラのエジプト国内ニュース局や、同胞団系のニュース局など十以上の放送局が、「社会の平穏を脅かす」などの理由で放送中止命令を受けていると書かれていた。

その新聞をベラに渡すと、アブドラは次の新聞を開いた。アブドラの目は《封鎖のガザ、新たな困難》という見出しに釘づけになった。

イスラエルによるパレスチナ自治区ガザの空爆から一年過ぎても、ガザの街はイスラエルに封鎖されたままである。散発的な空爆、日常的な停電、物資不足。この物資不足を補っていたエジプトからの「輸入」は、エジプト軍による密輸トンネル破壊で止まってしまっていた。

さらに、イスラム原理主義的でない政権が続くことを期待する湾岸諸国は、軍政のエジプトへの経済援助を増やし、パレスチナへの支援は大きく削減した。

それどころか、シリアやイランに対するアメリカの態度に不満を持つイスラエルが、今までの経緯を忘れてアラブ産油国に接近しだしたと書かれていた。注意深く読めば、極東の新聞にすらこのような情報が溢《あふ》れているのだった。

アブドラは、体が震えるのを止めることができなかった。

シャロンがパレスチナ自治区を空爆したのは、アブドラが十六歳のときであった。ヤシン師が暗殺された十八歳のとき、アブドラはジハードを考えた。しかし、ガザが猛攻撃を受けた二〇〇二年・二十二歳のときも、一七〇人以上の人が空爆で殺された昨年も、アブドラはガザにいなかった。同胞が最大の困難に直面している今も、母のいるガザに帰れない自分を恥じた。

アブドラは十八歳のとき、イスラエルの設けた検問所を通ってカイロに出たのだが、もう九年も故郷へ帰っていない。否、帰りたくても正規のルートで帰ることは叶わなくなってしまったのだ。

アブドラは、震える手でベラに新聞を渡しながら、思わず「なんてことだ」と叫んでいた。

ベラはそっと彼の顔を覗き見ながら、

「アブドラ、貴方まで『ユダヤ人が憎い』なんて言わないで」とつぶやいた。

ベラはパレスチナで事件が起こるたびに、日本の新聞にはユダヤ人非難の活字が躍るのを知っていたが、苦しい胸の内を声に出して言うことができなかった。それを聞いてくれるのは、奇しくもアラブ人のアブドラだけだった。

アブドラは悲しい目をして、

「僕たちパレスチナ人は、祖父の代から三代にわたって六十五年間も生まれ故郷を追われ続けているんだ。なのにイスラムは何をしているんだ。欧米の民主主義をインターネットで知った若者たちは、今日のパンにも困っている貧しい人々を助けようとはしない。貧困層を支援するはずの同胞団は、国家権力の弾圧から組織を守るための長年の習性で閉鎖的になり、教条的になっている。民衆は外部からの経済的な支援が増えるなら、軍政による秩序を望む。若者の三分の一が失業し、日々のパンにも困る人々が人口の四割もいるというのに、敵前で分裂を繰り返しているのだ。なんてことだ」

と絶望を声に出して言った。

ベラには慰める言葉も見つけられなかった。彼女はキッチンへ行って彼のために熱いミルクティーを入れながら、今日はこれ以上議論するのはよそうと思った。

ベラは、毎日のように報道されるパレスチナやイラクでの戦争にうんざりしていたが、アブドラの故郷、ガザでの出来事は気がかりでならなかったし、アブドラが心配だった。

しかし、彼女は画家としての新しい境地を開くまでは、今後アブドラに会わないでおこうと強く決心していた。言葉ではなく、芸術を通して自分の思いをアブドラに理解してほしいと思ったのである。

ベラは、敬愛しているマルク・シャガールとは違った方法で、ユダヤ人の救済を描きたいと苦闘していた。神話や、過去への郷愁に救いを求めるのではなく、今いるところがシオン（約束の地）なのだとの思いを、キャンバスに描きたいと思った。ニューヨークにいようと、この白鶴にいようと、そこがシオンなのだということを、ベラは自分の生き方、自分の芸術で表したかった。

ベラの決意を知った夢は、彼女の画家としての自立のためにも新しいアトリエが必要だと考え、父に話して自分のアトリエの隣に、もう一つ「瞑想室」を建ててもらうことにした。

年の暮れも迫って、ベラは朝の散歩をアブドラとしながら、

「今日で今年も終わるのね。今年の悩みは来る年に持ち越さない方がいいと思うの。今日は遊さんの『瞑想室』を借りて、思いっきり語り合いません？　私も聞いてほしいことがたくさんあるの」と言った。

二人は昼食を済ますと、暖炉に火を入れて部屋を暖め、お茶とケーキも用意して「瞑想室」に籠もった。

ベラはできるだけ明るい声で、

「スランバー・パーティーって知ってる？　アメリカでは十代の少女が友達の家へ泊まり

に行って、パジャマ姿で一夜を語り明かすの。楽しい思い出だわ」と言い、「今日は二人のスランバー・パーティーね。朝まで語り明かしてもいいわ」と笑った。

「アブドラ。ユダヤ人の国『イスラエル』がパレスチナ人の土地を奪い、六十五年もの間、無慈悲な軍事行動を続け、たった三六〇平方キロメートルの土地に一七〇万人もの人々を、貴方の故郷『ガザ』に押し込めているのは事実だわ。

私もイスラエルに行ったことがあるけれど、イスラエルは決して肥沃な土地だからそこに建国したのではないわ。そこは古代より水の乏しい砂漠の地です。僅かばかり雨が降ると、一面に真っ赤なアネモネが咲くの。でも、一か月もするとまた砂漠に戻ってしまう。

それでも人がこの地に住み着いたのは、オリーブの木があったからだと言われているけれど、ほかに住むところがなかったからなの。その地に聖地が生まれ、ユダヤ教徒、キリスト教徒、イスラム教徒の心のよりどころとなっているんです。今もこの地に住む人々はほかに生きる地がないのです。その地に国を作ってユダヤ人が死守しようとしているの。

もともと国家というものは、戦争をするための仕組みだと思うわ。『イスラエル』という国を作ったときから戦争は避けることができなかったのだと思うの。でも、この国を作らせたのはイギリスよ。ナチス・ドイツとの戦争に必要な戦費をユダヤ人に出させるのと引き換えに『イスラエル』建国を約束したの。

パレスチナ人も『パレスチナ』という国を作れば、『イスラエル』と滅亡に至る戦争をいつまでも続けることになるわ。私は国を持たなかったユダヤ人こそ、世界市民として生きる道を示すべきだと思うの」

とベラは熱く語った。

静かにベラの話を聞いていたアブドラは、ポツリと、

「それは戦争を終わらせるには国をなくし、みんなが世界市民になるべきだという論だね」

と言った。ベラは、

「そう。夢物語だと思うかもしれないけれど、私は、今ではアメリカ人というよりニューヨーク人よ。東京の人の多くは日本人というより東京人だし、パリ人も、ロンドン人も、あるいはシンガポール人も上海人もいるわね。大都市に住む人の多くは、土着の国民とは異なった価値観を持った世界市民だと思うの。

だから、それらの共同体は国とは別の呼び方、そう、『シチズン』とでも名付けた方がいいように思うの」と言う。

アブドラは絶句した。そして、

「君の考えは、ドル紙幣とアメリカンイングリッシュさえあれば世界中どこにでも自由に住むことができる、豊かなユダヤ人の考えだよ」

と言い放った。ベラは、

「またユダヤ人だからと言う」と口を尖らせて怒った。ベラは日本の緑茶を淹《い》れてアブド

ラに勧めながら、話題を変えて語りかけた。

「大学で美術史を勉強した私は、ユダヤ人の一人として過去の歴史を背負っているという意識が強くて、マルク・シャガールという画家が気になって彼のことを調べ始めたの。そして、シャガールは、彷徨《さまよ》えるユダヤ人の典型だということに気づいたわ。

彼は自己中心的で営利的な野心家だった。よく絵が描け、売ることができるところが真の故郷だと考えていたの。そのためには嘘もつくし、話すたびに内容も変わる抜け目ない人物だけど、『私の絵は私の伝記です。私の絵には子供の時の貧しさがすべて表現されています』と言っているのは嘘ではないわ。

彼はスラブ民族の救済主義的福音としての芸術を追求したのだと思う。彼の芸術が日本人に好まれるのもこの点だと思うの。日本人の心情に通じるものがあるってことが最近やっと判ってきたわ。

私の曾祖父は、マルクと同じ敬虔派のロシア系ユダヤ人で、一九一〇年頃『新たなる約束の地アメリカ』へ集団移住したの。その頃、同郷のユダヤ人は、ロシアへの同化を主張する者、ユダヤ人の自治を啓蒙する者、父祖の地への移住を主張するシオン主義者、ヨーロッパへ移住する者、マルクス主義の国際主義者など、様々な考えのもとに四散していったの。

私の先祖はイディッシュ語を話していて、十五世紀頃、ドナウ川周辺からロシアに移ったらしいわ。祖父はユダヤ教のラビをしていた兄を頼って中国の大連に行き、さらに日本の神戸へ行ってビジネスを覚えたんだけど、第二次世界大戦が始まって祖曾父のいるアメリカへ渡ったのは前に話したわね。

祖父は戦後、日本との貿易で成功すると、同郷のシャガールを支援したんですって。だから私は幼い頃から家に掛けられたシャガールの絵を見ていたの。それに私のベラという名前はシャガールの最初の妻の名前と同じで、彼女は芸術家としてのマルクの才能を信じて彼に尽くした聡明な女性だったから、彼女をよく知っていた祖父が付けてくれたの。シャガールは一九八五年に死んでいるから、私はその一年後に生まれたんだけど、私と日本とシャガールは浅からぬ縁があったってこと。

その私が、日本人のアユミさんと親しいムスリムのアブドラと、こうして〝ハルミ・ガーデン〟で出会ったのね。人の出会いって不思議だわ。だから私は貴方をもっと知りたいの。そして、私をもっと知ってほしいの。

私の父はニューヨークで船主協会の会長をしていて、『AJC（米国ユダヤ人委員会）』の有力なメンバーなの。今、アメリカでは国民としての一体感が壊れて、見捨てられたという思いを抱く大衆は、政党や利益団体をはじめとする『体制』に反感を示すようになってきているわ。

『アメリカはエリート集団と利権集団によって牛耳られている』という不満を持つように

なった市民は、国民の二・五パーセントしかいないユダヤ人の圧力で、議会がアメリカの海外援助の四分の一という巨額な援助を、なぜイスラエルに続けなければならないのか疑問を持つようになったの。

莫大な選挙資金を必要とするアメリカの選挙制度にも問題はあるけれども、ユダヤ人も、反ユダヤ主義を防ぐことを目指したロビー活動が、結果的に反ユダヤ主義を助長させてしまうというジレンマに陥っていることに気づき始めたんです。

私には、父や、父の会社を継ぐことになっている兄との会話から、多くのユダヤ人が一か所に固まって長くいることに不安を感じ始めているのが判るの。自己中心的な利権団体の力によって、アメリカの政治制度が国家の財政危機に対応できなくなっているのが誰の目にも明らかになると、ユダヤ人は『金が必要になれば叩き壊される貯金箱』という悪いジョークに怯《おび》えることになり、別のところへ逃げようとするの。でも世界は狭くなってしまっていて、もう逃げるところはどこにもないの。お金を逃避させる国もないの」

ここまで話して、ベラは両手に顔を埋《うず》めた。

アブドラはベラの手を取りながら、

「ベラ、だから君は、国を離れた世界市民として生きるべきだと言うんだね」

と優しくうなずいた。

しばらくしてベラは、

「私は、イスラエルとパレスチナを、ユダヤ人とアラブ人による二民族二国家にする考えには反対なの。大体、ユダヤ教徒はいても人種としてのユダヤ人はいないし、アラビア語を話す人はいるけどアラブ民族はいない。パレスチナ人は、日本で言えば大阪周辺の人を関西人と言うようなものでしょう？

戦争をするために近代の国家が生まれ、今、その時代的な役割が終わろうとしているんだわ。もし、イスラエルとパレスチナが国家としてこれからも戦い続ければ、大きな時代の流れに取り残され、一〇〇年かかって世界から消滅していく道をたどることになるんだろうと思えるの」と言った。

アブドラは、――それでもロシアでポグロム（ロシア人によるユダヤ人への差別、迫害。ロシア語で破滅、破壊を意味する）を経験し、第二次大戦中に無抵抗のまま六〇〇万人の同胞がナチスに殺害されたホロコーストを忘れられないシオニストは、軍事国家に立て籠もり続けるのではないか……と言おうと思ったが、声に出して言うのをためらった。

ベラは気を取り直したように、

「私たちユダヤ人は〝よそ者〟だからこそ〝世界市民〟としての能力を持ち合わせているし、その魁《さきがけ》となるべきだと思うの」

と、アブドラに賛同を求めるように語りかけた。

部屋が少し暗くなって寒さを感じたとき、ベラの携帯電話が鳴った。夢から「夕食の準備ができたから帰ってらっしゃい」と二人を気遣うメールだった。

「ペンション・響」のダイニングテーブルにはみんなが集まっていて、夢の夫の量平も東京から帰ってきていた。

テーブルには勝ちゃんの作ってくれた年越し蕎麦《そば》が出された。スープ・パスタに似た日本のソバは、甘く煮たニシンが入っていて、アブドラには大変美味しかった。ベラもアブドラも、これから迎える日本のカウントダウンに興味を募らせた。

勝ちゃんは、今年地元で穫れた蕎麦は特に香りがよいと少しばかり蘊蓄を述べ、晴美が菜園で採れた赤かぶの酢漬けを持ってきた。

夕食が終わると、遊が自慢の燻製《くんせい》を皿に盛ってきた。それは近くの養鱒場で買った鱒と、量平が土産として東京で買ってきたフォアグラを遊が燻製にしたもので、ワインに合う逸品だと大好評で座は一層盛り上がった。

量平は、アブドラが「予測と制御の数学理論」のシンポジウムで注目されたのを、彼が所属する「航空工学研究所」の同僚から聞いていたので、すぐ打ち解けて会話が弾み、アブドラは問われるままに情報科学について語った。彼は、

「処理しきれない膨大な情報を、単純化された数式を使って分類、整理し、全体像を認識しようというのが情報科学です。そのために考え出された数式は、宇宙を説明し、生命進

化の歴史を説明するのに役立ってきました。ノイズの中に意味のある情報を見出そうとする、人間の認識行為の一手法なんです」と言い、「人は混沌とした事象を、図形や絵や文字や数式で、人類共通の認識にしようとしてきたんですね」と語った。

情報科学の展望について夢中になって話す二人を、ベラと夢は遠くから眺めていたが、話が自然科学と認識という問題に発展すると、彼女たちも我が意を得たとばかりに身を乗り出して会話に参加した。

量平と夢は大学時代に知り合い、共に宇宙に興味を持つ良い話し相手だった。量平は航空工学を学び、夢は天文学を学んでいたのだが、夢が芸術的認識という考えを持つようになって画家を目指すようになると、「自然科学と芸術」は、二人の間では永遠のテーマとなった。

気がつくと十二時近くになっていて、子供たちは早くに眠りに就き、遠く村のお寺から除夜の鐘の音《ね》が聞こえてきた。それに合わせて、自室でくつろいでいた勝ちゃんと響子も遊の〝タペストリーの館〟のリビングにやってきて、全員がテーブルに着いた。

やがて午前零時になると、「新年おめでとうございます」と声をかけ合い、拍手をして新年を迎えた。二〇一四年が始まったのである。ベラとアブドラも、日本で迎える新しい年に感無量であった。

朝の八時にリビングで新春の儀式を行うことが告げられ、朝食の後、ペンションの送迎車で「神渡神社」にみんなで初詣に行くことになった。

アブドラは部屋のベッドに入ると、故郷の母とはもう十年近くも会っていないのを思い起こしながら、心の中で新年の挨拶をした。母はもう今年で六十六歳になるはずである。

十三　日本の正月

朝八時になると、全員が〝タペストリーの館〟に集合した。勝ちゃんと響子の三人の娘と、夢の一人娘の空も、居ずまいを正して儀式の始まるのを待っていた。

長いテーブルに歳の順に夫婦が向かい合って座ると、各人の前に置かれた湯呑み茶碗にお茶が注がれ、年長者の遊の発声に合わせて、

「おめでとうございます。今年もよろしくお願いいたします」

と唱和してこのお茶を飲み干した。お茶碗には桜の花びらの塩漬けが入っていた。

次に、赤い漆塗りの盃《さかずき》に日本酒が注がれると、また一斉に「おめでとうございます」と声を合わせ、酒を飲み干した。

ベラとアブドラは、この不思議な儀式の体験を喜んだ。これは遊が母から受け継いだ元旦の迎え方であった。

勝ちゃんと響子が重箱をテーブルに置き、晴美と夢が大きな皿を運んだ。三段に重ねられた漆塗りの重箱の外側には、立派な伊勢海老《えび》の蒔絵《まきえ》が描かれていて、これは晴美の家に代々伝わる年代物である。

海山里《うみやまさと》に分けられた料理は、勝ちゃんが腕を振るった本格的な日本料理で、夢はベラとアブドラの皿に、海老や鯛《たい》や数の子、ゴマメ、里芋や栗などを取り分けながら、家内繁栄を願うこれらの御節《おせち》料理の意味を解説するのだった。

大皿には野菜の煮しめや棒鱈《ぼうだら》が盛りつけられていて、これは夢が母から教えてもらって作ったこの地方の伝統的な正月料理であった。

初めて日本の正月を経験したベラとアブドラは、日本人の心を理解する糸口が得られた思いで心が躍った。

二〇一四年の元旦、白鶴の里は快晴だった。

「神渡神社」は、遊と晴美が結婚式を挙げ、夢と量平もここで式を挙げている。ここは有史以前からの信仰の地で、白鶴山の麓の「美波山」という低い山が御神体である。

神社の入り口には木製の鳥居が立っていて、大きな注連縄《しめなわ》が張ってある。そこをくぐり石段を上ると、小さな社が建っていた。拝殿の前には綺麗な着物を着た女性や和服姿の男性が大勢いて、順番を待って神様に参拝するのだった。

ベラもアブドラも見るものすべてが驚きだった。二人は夢の様子を真似《まね》て、二礼して一つ拍手《かしわで》を打って一礼し、顔を見合わせて笑った。

遊は勝ちゃんの三人の娘と空がお参りを済ませたのを確認すると、社の横からみんなを山頂へ案内した。

小高い丘のような頂に来ると、二メートル四方くらいの広さに四本の柱が立っていて、白い紙を付けた縄が高く張り巡らされていた。

「ここが本当の聖域で、神様が天から降臨されるところだ」と遊が言った。

そこから麓を見渡すと白鶴湖が見えて、その向こうに小さく鏡湖が見え、湖の畔に民家が集まっているのが判った。

参拝を済ませて〝タペストリーの館〟に帰ると、朝と同じように全員そろって少し遅い昼食を済ませた。

夢とベラとアブドラは、遊の〝森の隠れ家〟を借り切って、日本人の宗教観について話し込むことになった。夢は参拝からの帰りの車中でも、ベラとアブドラの質問攻勢に悲鳴を上げたのだが、ここは日本人として受けて立たねばならないと覚悟したのである。

本当は、宗教は夢の得意な分野ではなかったが、まずお節料理とワインを持ち込んで、「さあ、何からでも訊いて」と鷹揚《おうよう》に構えることにした。

ベラとアブドラの二人には、山が神だったのは信じがたいことであった。それもエベレストのような高山でも白鶴山でもなく、平凡な丘のように低い頂には教会もなく、ただ柱が四本立っているだけなのである。夢は、

「日本の古い信仰には教典というものがなく、先祖から伝わる自然崇拝の気持ちがベースにあって、山や川や海、大木、草花、動物たち、それに人間にも神が宿ると考えるの。自

然によって生かされていることに感謝する精神性に特徴があると思うの。そして、人は死んで自然に返り、黄泉《よみ》の世界に霊は生きていて、私たちを見守っていてくれると感じるの。農耕民族だからかなあ」

それを聞いて、ベラは、

「日本人は神を恐れないんだ」と言う。

アブドラはしばらく考えてから、

「僕は、神は絶対だと信じています。この世のすべてを支配する神と契約を結んで、イスラム教徒となったのです。私たちの信仰は、神と自分との関係で成立し、聖職者が仲立ちすることはありません。神が善とすることを行い、悪とすることを行わない。これが私たちの信仰です」

と言った。夢は、

「私が理解するユダヤ教やキリスト教、イスラム教は、ゾロアスター教に起源があるように思うの。この宇宙は光と闇、善と悪で充たされていて、神がそのことを教えてくれるとするところは共通している。

ユダヤ教は戒律を厳しく守ることによって、異文化のローマから自分たちのアイデンティティを守り、キリスト教はそのユダヤ教をパウロがギリシャ語で書くことによってより広く世界の宗教となり、イスラム教はアラブの民衆を救済すべく現れたと思うの。

郵　便　は　が　き

料金受取人払郵便

新宿局承認

3971

差出有効期間
2022年7月
31日まで
（切手不要）

1 6 0-8 7 9 1

1 4 1

東京都新宿区新宿1－10－1

(株)文芸社

愛読者カード係　行

お名前《ふりがな》		明治　大正 昭和　平成　　年生　　歳
ご住所《ふりがな》	□□□-□□□□	性別 男・女
お電話番号	（書籍ご注文の際に必要です）	ご職業
E-mail		
ご購読雑誌（複数可）		ご購読新聞　　新聞

最近読んでおもしろかった本や今後、とりあげてほしいテーマをお教えください。

ご自分の研究成果や経験、お考え等を出版してみたいというお気持ちはありますか。

ある　　ない　　内容・テーマ（　　　　　　　　　　　　）

現在完成した作品をお持ちですか。

ある　　ない　　ジャンル・原稿量（　　　　　　　　　　　　）

書　名				
お買上 書　店	都道 府県	市区 郡	書店名	書店
			ご購入日	年　月　日

本書をどこでお知りになりましたか?

1.書店店頭　2.知人にすすめられて　3.インターネット(サイト名　　　　)

4.DMハガキ　5.広告、記事を見て(新聞、雑誌名　　　　)

上の質問に関連して、ご購入の決め手となったのは?

1.タイトル　2.著者　3.内容　4.カバーデザイン　5.帯

その他ご自由にお書きください。

(　　　　)

本書についてのご意見、ご感想をお聞かせください。

①内容について

②カバー、タイトル、帯について

弊社Webサイトからもご意見、ご感想をお寄せいただけます。

ご協力ありがとうございました。

※お寄せいただいたご意見、ご感想は新聞広告等で匿名にて使わせていただくことがあります。

※お客様の個人情報は、小社からの連絡のみに使用します。社外に提供することは一切ありません。

■書籍のご注文は、お近くの書店または、ブックサービス(0120-29-9625)、セブンネットショッピング(http://7net.omni7.jp/)にお申し込み下さい。

どの宗教も、この世の苦難から民衆を救済しようと神が導いてくれる点では同じように思えるわ」

と言うと、ベラもアブドラも大きくため息をついた。ベラは、

「じゃ、仏教はどうなの？」と訊く。

「仏教も、やはり民衆救済の教えだと思うわ。ヒンドゥー教から起こり、釈迦が仏教へと昇華させ、龍樹が『般若心経』に理論づけて、現在のような大乗仏教として成立したんだわ。

日本へは中国を経由して伝わったんだけど、キリスト教の影響を大きく受けた教えで、仏教で言う天国の西方浄土はパレスチナのことだという説もあるの。

でも日本の仏教は、誰の心にも仏心があり、人は死ねばみんな仏になれると説くことによって、山や木や動物たちにも神が宿ると考える古くからの信仰と合って、日本人の宗教となったんだと思うの」

と夢が応える。アブドラは、

「仏教の西方浄土が、私の生まれ故郷のパレスチナだなんて驚いたなあ。

イスラム教はユメさんの言うように救済の宗教だけど、お互いに助け合うことを教えとする点で、最も現世的な宗教なんだ。イスラムでは神に対する個人の信仰こそ一番重要なんだが、それは個人的な魂の救済ということではなく、共同社会（ウンマ）の平安（サラ

ーム）を求めて神の道を実践することが宗教行為なんだ。

だから、退廃や不正を矯正し、抑圧や寡占を排除して問題を解決していくことは、政治である以上に宗教的な行為であって、現実の問題解決から離れた教義解釈は人々の支持を受けることができない。これが、イスラム教が民族や地域を超えて、今も世界中に影響力を拡大させている理由だと思う」

と力説した。ベラは、

「問題解決のために国家を樹立し、戦争によって目的を達成しようとパレスチナとイスラエルが戦っているけれど、決して宗教の違いによる争いではないわ。ユダヤ教徒がいつの間にかユダヤ人になり、ユダヤ民族に置き変えられてしまい、シオニズムは聖書を使って民族的要求を達成しようとしているんだわ。

そこにはポグロムやホロコーストのような暴力的な反ユダヤ主義に対する自己防御があるけれど、今度は土地を奪われ抑圧されたパレスチナの民衆がパレスチナ人となり、アラブ民族となって、解放のためにイスラエルと一〇〇年戦争を始めると、イスラエルは早晩世界から孤立し、本当の反ユダヤ主義が世界中に広がってしまうと思うの」

と深い悲しみの声で話した。

アブドラは、ベラがイスラエルを非難するなんて、今の今まで思わなかったので、驚いてベラの顔をまじまじと見た。

ベラは笑いながら、

「アブドラ、反シオニズムと反ユダヤ主義とを混同しないでね。私は『祖国』建設主義には賛成できないけれど、『イエスを十字架にかけた民族』という迫害には絶対反対するわ。私はベラよ。ユダヤ人と呼ばないで」と言った。

アブドラも少し笑ったが、すぐ真顔になって、

「でもパレスチナは国家ではなく、完全にイスラエルの支配下にあるんだよ。ガザの出入り口は北のエレズと、エジプトとの国境に位置するラファのみだけど、パレスチナ人がガザへ出入りする自由はない。エジプトが軍政になった今は、私もガザへ帰ることはできない。

空も海も、さらに水や電気さえもイスラエルのコントロール下にあって、生活基盤を破壊されてしまっているんだ。僕に反ユダヤ主義の心配をしている余裕はないんだ」

とベラ以上に悲しげな声を出した。

ワインを少しずつ喉の奥に流し込むように飲んでいた夢が、

「宗教を道具に使うのはよくないわね。教義を支配のために厳格に解釈すれば人々の自由な思考や創造性が失われ、社会の変化に対応できなくなるのは歴史が教えてくれているわ。

私は、どうして人はこの宇宙を悪霊に満ちた暗闇の世界と考え、神に縋《すが》りつくのだろうと不思議に思えるの。日本の年中行事の多くは、神を迎えてもてなし、神を送り返すとい

うもので、神との交流によって平安を願う信仰が日常生活に根づいているわ。日本人はこうした生き方を先祖から受け継いできたの。

ベラが『日本人は神を恐れないんだ』と言うのは当たっていると思う。これは宗教というより習俗といった方がいいのかもしれないわね。今日、神社にお参りしたのも、神に感謝の気持ちを伝えるため」

と話しながら、窓の外に雪が降ってきたのに気づいて、

「さあ、二人とも、雪見酒を飲みましょう」と声をかけた。

ベラもワイングラスを手にして、

「日本では雪の降るのを見ては雪見、桜の花が咲けば花見、山の木々が色づけば紅葉見《もみじみ》でしょう？　自然に包まれて生きているって感じで羨ましい。温暖な島国のせいかな。

イスラエルもニューヨークも東京よりずっと自然環境は厳しいし、陸続きの異文化の人々との争いは凄惨だわ。多くの少数民族が亡ぼされ、勝者に同化して歴史から消えていったのに、ユダヤ人は生き残ってきたのよ。私は素晴らしいことだと思う。

でも、国を盾にして平安を求めるのは無理。私にはアメリカという国も、イスラエルという国も、ユダヤ人を守れない予感がするの。ではどうすればいいのと言われると困るけど……」と独り言のようにつぶやいた。

アブドラは、

「どこにも神がいて、みんな仏になれるって思えるなんて、私の理解を超えているけれど、この〝ハルミ・ガーデン〟のカツラの木を見て『シドラ』を思い、小川の湧き水を見て『サルサビールの泉』を考えたんだけど、ここは天国かもしれない」と言った。

アブドラによれば、イスラム教の天国には「シドラ」という世界の中心をなしている宇宙樹があって、それは「聖なるナツメの樹」なのだが、その周りを全速力で馬を走らせても、回りきらないうちに人は老人になってしまうという。また「サルサビールの泉」はシドラの幹から出ていて、天国の飲み物のなかで一番おいしい水の源だというのである。夢は、

「ここが天国だとは思わないけれど、ここに生まれ、ここで死んでいければ幸せだとは思うわ。でも日本人は、個人になりきって神と向かい合うという精神性を持っていないし、人と人が向かい合って個人になりきるという、現代的な意味での個人も確立できていないように思う」と言うと、アブドラは、

「イスラムは信仰共同体で成り立っているから、やはり個人の確立は難しいと言えるよ」と話し、ベラは、

「教義というものは、絶えず時代に合うよう合理的思索によって支えられていくものだから、現代的な個人主義と相容《あいい》れないというものではないわ」と応えた。

窓の外の雪は深々と降り積もり〝森の隠れ家〟は夕暮れ時を迎えていた。遊の夕食を知らせる電話で三人の議論はひとまず打ち切りとなった。

食卓に戻ると遊が、

「ずいぶん長く話し込んでいたようだね。正月なんだからもっとくつろいで、お酒でも飲もう」と言って、日本酒と勝ちゃんの作ったオードブルを持ってきた。

アブドラが、

「ユメさんから、日本ではどこにでも神がいて、誰でも仏になれるって聞いて、もしそうなら楽しいだろうなと思ったんです」と応えた。

遊は笑いながら、

「日本人には神も仏もあまり違わないからね」と言ってから、

「三つの一神教が現れる前の信仰って、どういうものだったんだろうね」と訊ねた。

今度はベラが、

「古代セム人の信仰があって、人は自然物として生きて死ぬだけの運命だと考えられていたんだと思います。神という宗教観が開かれたのは古代メソポタミアの文化で、神の意志、神の言葉、その言葉を伝える預言者に絶対の信頼を置く考えになるんです。まず『言葉ありき』ですね」

と言うと、遊は、

「日本人は言葉より、感じることを大切にする民族かもしれないね」と言った。そして、「さあ、日本の正月を感じてくれたまえ。これからの若い世代がこうして忌憚《きたん》なく話し合えるのは素晴らしいことだ。二〇一四年は希望の持てる年になりそうだね」とうれしそうに話した。

遊は最後に年長者らしく、

「日本には『困ったときの神頼み』という言葉があるが、宗教の起こりにはすべて困難からの救済がある。人知ではどうしようもない困難を前に、人を超えた全能の神に縋《すが》るのは世界中共通の考えだよ。日本人は厳密に物事を考えないところが長所であり、欠点かもしれないがね」とこの話を締めくくった。

その夜、アブドラはベッドに横たわっても、今日三人で語り合ったことを思い返して眠れなかった。

世界には様々な宗教があり、生き方がある。それを知った自分はどう生きればいいのだろうか。故郷の母や、先生や友人たちの期待にどう応えればいいのだろう。

アブドラは、自分の果たすべき義務を見失ってしまったのではないだろうかと不安に襲われるのだった。

十四　森の隠れ家

新しい年になって、アブドラは思い立ってカイロの大学教授に電話をかけた。

教授はアブドラの安否を気遣いながら、向こうからもコンタクトを取ろうと手を尽くしていたところだという。

エジプトではモルシ大統領が監禁され、イスラム同胞団に対する弾圧が始まり、大学でも同胞団に属する教員や職員を排除する動きがあって、学園も騒然とした空気になっているというのである。

アブドラについても、学問的な高い評価とは別に、大学生のときから講師になるまで同胞団の奨学金を受けていたことが問題視されているので、一時、帰国を見合わせ、アメリカの大学へ移ることも検討してはどうかというアドバイスであった。すでにアメリカからはオファーが来ているという。

誘いは日本の大学からもあったが、アブドラはパレスチナに帰ることしか考えていなかった。

明日は晴美の兄の川淵晃介がやってきて、このペンションに泊まる予定だと遊から聞いていたので、彼からも何かアドバイスが得られるかもしれないと思いながら、歩から渡された晃介への紹介状を読み直してみた。

紹介状・川淵晃介様へ
私のイスラムの息子、ワヒード・アブドラを紹介します。……

私は、晃介さんが大学を追われ、ほかの大学からの招請を断って僻地《へきち》の医療活動に赴かれたのを晴美さんから聞きました。私は、ご自分なりの生き方を後に続く人たちに示されたのだと思っています。

私は、三十年以上在籍したB・P通信を辞め、今はフリーのジャーナリストとして中東情報を世界の新聞社に投稿しています。

私はB・P通信の上司であったロビンズとロンドンに暮らしていますが、彼とは共に生きてきた戦友のような仲です。彼はジャーナリストとしての生き方を身をもって示してくれた人です。私が日本を離れるとき、「一度、この日本を出て、外から見る目を持つべきだ」と言って力を貸してくれたのも彼です。

今、彼は母校の大学に勤めながら『現代アジア政治史』という本の執筆に余念がありません。晃介さんもよき伴侶を得られたことを晴美さんから聞き、安心しました。

今、私は晃介さんにこの手紙を書きながら、私が日本を出た四十三年前のことを思い出しています。

あの頃、私たちはすべての権威を疑い、否定しようともがいていました。国も、大学も、家庭も、そして友人までも。

私は晃介さん、貴方までも疑ってしまいました。博識の貴方を尊敬する一方で、高みから民衆を見下ろす古いタイプの「造反教師」の一人だと思ったのです。

貴方だけではありません。私は過激な言動をしている自分にも懐疑的になってしまっていました。

日本を出るとき、ある婦人運動家から、

「国家がどう変わろうと、人の暮らす社会はなくならない。貴女たちは今生きている女性の本当の悩みを知らない」と諭されました。また、パレスチナの慈善団体で働く婦人から、「戦いが終わればハマス（イスラム抵抗運動組織）の役割は消えるでしょうが、貧困者を支える私たちの活動はいつの時代にも必要とされるでしょう」と語りかけられ、今までの自分を深く恥じました。

このパレスチナの婦人は、今この紹介状を持って貴方を訪ねているワヒード・アブドラのお母様、ワヒード・ガルフです。

アブドラはカイロの大学で予測理論を研究している青年ですが、私を「日本のお母さん」と呼んでくれ、私も彼を「イスラムの息子」と言っています。彼には、アラビア語の通じない世界に身を置いてパレスチナを考えなさいと話しています。

今回、アブドラは情報科学のシンポジウムのために東京へ行きましたが、貴方に会っていただければ、きっと大きく目を見開くことができるでしょう。彼の話し相手になってやってください。私も貴方との近い再会を楽しみにしています。

二〇一三年十一月　石沢歩より

川淵晃介は昼過ぎに狼森にやってきた。

アブドラが歩からの紹介状を差し出し、挨拶すると、「情報科学の新星だと夢ちゃんから聞いているよ」と親しみを込めて握手してくれた。

晃介は後進に病院長の席を譲り、今は趣味の陶芸を楽しんでいた。家には妻と愛犬が一匹いるだけの静かな生活で、朝夕の散歩が日課だと楽しそうに話した。

夢の所望で自作の花瓶を持ってきてくれたので、晴美は森に入って赤い実をつけた野苺の小枝を採ってきて、その壺《つぼ》に生けた。

遊の勧めで、晃介とアブドラに量平も加わって男ばかり四人、〝森の隠れ家〟で夕食までの一時を談笑することになった。

以前、量平は夢と結婚の挨拶に、関西に住んでいる晃介を訪ねたことがある。晃介の家は琵琶湖の北端にあり、雑木林に囲まれた田舎家という風情であった。広いウッドデッキで初夏の日射しを受けながら、奥様手づくりの夕食を頂いた。

そんな思い出話を量平がすると、晃介はそのウッドデッキは今も〝川淵サロン〟と呼ばれ、病院の医師や看護師、それに近在の人たちが週末にやってきて、その応対に妻は結構忙しいんだとうれしそうである。

晃介は五十過ぎまで独身を通していたが、病院で院長の秘書として支えてくれた同年輩の女性と、やっと一つ屋根の下に住むことにしたのだった。

晃介が病院長をしていた医療施設には、大学で奨学金を受けて医者になった若者が多く、僻地で一定期間勤めることによって返済が免除されるので、ここに勤めているのだった。

晃介はこうした若者を支援しながら、彼らとともに内科医として地域の高齢者に対する医療の充実に取り組んだ。そして地域ぐるみの健康高齢者の町づくりを推進した医者として、その名前を知られていた。

アブドラが、

「晃介さんは晴美さんの兄で、晴美さんはアユミさんの親友で、アユミさんは遊さんの妹だということは判っているのですが、アユミさんと晃介さんの関係が私にはよく判らないんです」と単刀直入に尋ねた。

これには晃介も答えに窮した。量平も訊きたそうな素振りなのを知ると、晃介は、

「そのことは、正月だし、お酒でも飲みながら話そうか」と言って、自分の持参した田舎の日本酒を〝森の隠れ家〟まで持ってきてくれるよう、姪の夢に電話するのだった。夢はアブドラのためにはレモンティーを持ってきた。

晃介の日本酒は甘味があって、ワインのようにさらりとした味わいで好評だったが、アブドラは戒律を破ることは出来なかった。

遊は正月用にと作っておいた岩魚の胃袋の塩漬けを、瓶から小皿に取って勧めながら、

「これが私の一年間の釣果です。清流に棲む岩魚は悪食《あくじき》で、川虫や水に落ちた小動物も食べ、小さければ蛇も食べてしまうんですよ。私はフライ（擬餌鉤《ぎじばり》）で釣りをするのですけれど、まず一匹釣れると、その魚の胃袋をナイフで開いて胃の内容物を調べ、その日使う毛鉤を選定するんです。その胃袋が強靭《きょうじん》なのに目をつけ、塩漬けにすることを思いついたんですよ。まず一口食べてみてください」と言う。

晃介は、その胃袋の塩漬けというものを一つ箸で摘《つま》んで口に放り込み、しばらくして、

「なかなか噛み切れないけれど、コリコリして美味しいね。これは酒の肴《さかな》にいいね」と相好を崩した。アブドラはその臭いだけで食欲がなくなった。

晃介が遠来の客アブドラに、

「ところでアブドラ君、君はどうして情報科学をやり始めたんだい」

と訊ねると、アブドラは少しはにかみながら、

「私の周りにはＩＴ機器を作る産業もなく、実用的な学問は医学くらいだったのですが、高校生の時、単純な数式で世界を説明するアインシュタインに魅せられて数学が好きになり、情報理論を研究するようになったんです。膨大な情報を整理し有効に活用するために数学が応用され、ＩＴが予知理論や自動制御の分野で注目されるようになったんです」

と言うと、森量平も、

「私の専門の航空工学においても、制御や予知は重要です」と応じた。

そして、量平の研究が日本のリニア技術とロケット技術を組み合わせた、ハイブリッド旅客機の開発であることに話が及ぶと、晃介は、

「日本から世界のどの都市へも二時間余りで行けるなんて、夢のような話だね」と言い、

「そのような乗物は機長によるコントロールはできないだろうから、自動操縦ってことになるね」と言った。

アブドラは、

「自動操縦といえば、今、世界中で軍事用無人機が開発されているようですね」

と顔を曇らせた。アブドラの頭の中には、イスラエルとアメリカの無人爆撃機がよぎっ

ていた。

それを察したのか、晃介は、

「無人爆撃機の開発は、世界の軍事情勢を一変させてしまうところまで来ているという話を聞いたことがあるけれど、自国民が死ななければ、どこまでも戦闘行為が敢行されるという恐ろしい時代に来ているのかもしれないね」

とため息をついてみせた。量平も、

「現代においては、どのような研究も軍事的に利用されてしまうのが悩ましいことですね」

と、自分の煩悶する気持ちの一端を吐露した。

話が一段落したところで、晃介はハーブティーを飲みながら、

「アブドラ君、君はいつカイロへ帰るんだい」と訊いた。

アブドラはしばらく沈黙した後、

「実はエジプトで政変が起きてから、私は大学へ戻れなくなってしまったんです。私が『イスラム同胞団』の奨学金を受けていたことが問題になっているんです。日本の大学から共同研究の申し込みと、アメリカの大学から招聘を受けているのですが、どうすればいいのか困惑しています」と言った。

晃介はしばらく考えて、

「アメリカの大学は、資金の出どころが国務省の外郭組織の場合もあるから、調べた方が

いいかもしれない。日本の大学は、情報科学の講座を持っているところが少ないからね」と言う。

アブドラが東京のレセプションで受け取った名刺を晃介に見せると、その中の一枚を取り出し、

「ここでは僕の知っている後輩が教授をしているよ。この白鶴から遠くないローカルな国立大学だがね」と言い、

「その気があるんだったら、僕からも先方に話してみるよ」と言ってくれた。

アブドラは、「ありがとうございます。よく考えてみます」と晃介の好意に感謝した。

十五　資本の狂気

「設計事務所・環境計画」の経営を平原に任せ、遊は月に一回、相談役として部門リーダー以上が出席する幹部会議のために東京へ出て行った。設計の基本プランが決まると、あとは各部門のプロフェッショナルに任せることになる。

平原所長からの報告では、「峰組」からの「白鶴ヒュッテ」買い取りの件は当初の半額で決着がつき、会社の業績も順調だとのことであった。

遊は安心して帰宅すると、〃ハルミ・ガーデン〃の「ミニマム・ハウス」に籠もり、次の公共施設のアイデアづくりに取り組んだ。

東京での四十数年間が遠い日のように思え、悪戦苦闘続きだったはずなのに何か懐かしく感じた。自分は何ほどのことをしてきたのだろうかと無力を感じる気持ちと、自分なりに頑張ったと自負する気持ちが半ばして、自分の人生を見直すときが来たのだと思った。

そんなとき、母校の工大から「プロフェッサー・アーキテクト」（教授兼建築家）への誘いを受けたが、やはり今までやってきた「環境計画」を離れての自分はないと思った。

早朝、朝露を踏んで森の奥まで散策してから、みんなと朝食を済ますと、庭に置いたデッキチェアに体を沈め、野草が風に揺れる様を面白いと見とれていると、時として何かのアイデアが浮かんでは消える。

昼食とコーヒータイムを楽しんだ後には、雑木を切り、その根を掘り起こす。肉体労働の後は、夕暮れどきの微風をデッキチェアで受けながら、名も知らない小鳥たちの囀《さえず》りを聴く。

ふと庭に目を落とすと、二羽のムクドリが土の中の虫を啄《ついば》んでいた。黄色い嘴《くちばし》に黄色い足。頭は黒く頬《ほほ》は白い。ひらりと低く飛ぶと尾羽がパッと広がって白い扇のように見える。頭が黒っぽいのと、褐色のつがいが楽しげにおしゃべりをしている。陽が西に傾き始めると、小鳥たちは一斉にカツラの木に飛び移った。

遊はなおもこのムクドリの観察を続けるうちに、一つの考えにたどり着いた。そこは小鳥たちの集合住宅だった。木の枝は等しく太陽の光を受けようと一定の法則で枝を伸ばし、小鳥たちはその生い茂った枝の中を上に下に、右に左にと楽しげに飛び移り、おしゃべりに余念がない。遊は、そこに集合住宅の原点を見る思いがした。

遊は〝ハルミ・ガーデン〟の「ミニマム・ハウス」にいると、時の経つのも忘れて、何枚も何枚もスケッチを描き続けた。このアイデアを晴美に話すと、

「モーツァルトはムクドリをペットとして飼っていて、その囀りをピアノ協奏曲にしたの

よ。遊さんは建築界のモーツァルトだわ」と愉快そうに言った。

集合住宅の研究は、遊の恩師のライフワークであった。戦後の住宅環境の改善には、いかに少ない資材で大きな空間を安く建築するかが課題であった。そして、勤労者が健康で文化的な生活を営める最小限の住宅の供給は、切実な社会問題だった。

そこで、都市に集まったサラリーマンの住宅として、夫婦二人と子供二人で四十平米から六十平米の３ＤＫタイプの住宅が考え出されたのである。人々はこの住宅にモダンな都会生活の夢を託したのだった。

遊は戦後に生まれ、六十も半《なか》ばになろうとしていた。世の中は急速に高齢化社会に変わってきて、生活が自分の住んでいる地域社会中心に営まれるように変わってくると、住居と街の関係も見直されねばならなくなる。遊は新しい集合住宅の基本型を模索し始めた。

建築には「隠れ家と眺望」という考え方がある。これは、相手に見られないで相手だけを見る防衛本能から住居を説明するものだが、攻撃や防御が不必要な社会になってくると、住居は快楽の場になるという説である。遊は以前、建築評論家から、「穴蔵建築家」と評されたことがあるが、確かにその頃の遊は、建築の中に隠れ家を求めていたのかもしれない。

しかし、これは遊だけではなかった。同世代の才能ある建築家の多くが、出入り口のよく判らない家や、窓のない建物を発表していた。

遊は、一軒の家が隠れ家であり、そこから外界を眺望して自分の位置を知るとともに、その一軒が左右に連続し、上下に階層を作って街となる建築空間を構想し続け、やっとその基本型にたどり着いた。それは、住人も他人の眺望の中に位置することを楽しむ都市空間であった。

空想建築家は、自分の考えを誰もが一見して理解できる模型を作ることにした。

遊は新しい集合住宅に思いを巡らしているとき、ともすれば自分の内面に閉じ籠もり、感性を頼りに建築を考えようとする自分を学問の世界に引き留め、建築に必然性と客観性を求めるよう指導してくれた学生時代の恩師を思い出すことが多くなった。

遊は自分の欠点を補うためにも、会社のスタッフの意見を取り入れようと考え、新しい都市空間の構想を話したところ、日々の仕事に追われているにもかかわらず、若い連中が二、三人連れ立っては休みの日に遊の「瞑想室」を訪れ、建築模型の制作を手伝いだした。

彼らとの議論の末、この集合住宅はパティオ（中庭）を囲んで一階部分が正方形で八軒あり、三階建てを一パティオとして屋上橋でどのパティオにもつながっていて、市場にも病院にも歩いて行けるものとした。一軒に住人が約四人とすれば、一パティオで約一〇〇人が住むことになり、ここのパティオを十棟建てると約一〇〇〇人が住むことになり、これを一〇〇棟建てれば一万人で、三〇〇棟で約三万人が住まう「ミニマム・シティ」となる。

パティオとパティオの間には、土地に合ったカラマツやメタセコイアなどの樹木を植えて、住人は森の中の空中回廊を散策することができる。街が大きくなると、足の不自由な人には新しい移動手段を考えねばならない。また、この「ミニマム・シティ」にある公園や公民館、学校、それに病院や商業施設へ移動するための新しい移動手段も考えねばならない。

この模型作りの作業が一段落すると、その日はいつも夜遅くまで楽しいミニ・パーティーとなった。

こうして、三か月が過ぎると空想都市が完成し、遊は「環境計画」の平原所長に電話を入れた。平原も「一度、ご報告に伺いたいと思っていたところです」と応じて、休日を返上して狼森まで訪ねてきた。

遊は平原を自分の部屋に招き入れ、テーブルの上の壮大な街の模型を見せようとした。だがそのとき、平原は開口一番に、

「私の不注意からこのようなことになってしまい、申し訳ありません」と深く頭を下げた。

詳しく話を聞くと、「環境計画」の主要なクライアントである「太洋建設」が「環境計画」の株式を二十パーセント持っていることが判り、持ち株を増やして子会社化を求めてきたというのである。遊は思いもしない話に仰天してしまった。空想都市の模型の話どころではない。

平原は、自分の失策に気付いてひとり善後策に奔走したが、どうにもならなくなって、創業者の遊のところへ来たのだった。

事の経緯は、「峰組」が持ち掛けた例の「ヒュッテ」の買取り問題からであった。平原は、「峰組」に支払った金が設計料や建築監督料として会社へ還流されるまでのつなぎ資金の融資を銀行に求め、形式的な担保として平原と財務担当の幹部の持ち株を渡したのだった。ここに平原の油断があった。経営者としての才能に多少の自惚《うぬぼ》れが芽生え、独断が多くなっていたのである。「峰組」の一族経営を一掃する銀行の目論見は平原の予測をはるかに超えたものだった。銀行は、平原が担保として渡した株を、投資ファンドに売却してしまった。投資ファンドからこの株を取得した「太洋建設」は「環境計画」に事前に知らせず、株の買い増しによる子会社化を求めてきたのだった。「峰組」の再建に取り組んでいる銀行と「太洋建設」のメイン銀行は同じであった。銀行はかねてより「峰組」の改革と、「太洋建設」の設計部門の強化による収益の向上を計画していて、「環境計画」に着目したのだった。

遊にも気のゆるみがあった。過酷な経済の現実から一歩身を引いて、自分の才能のままに、気の合った仲間と空想建築の世界に逃避していたと言われても、弁解の余地はない。今考えれば、社員にも、この会社を支えているのは自分たちだという自覚が薄かった。

遊は、「環境計画」の経営理念が「どこの組織、団体にも属さず公共施設の設計を通じて社会に貢献する」であることを全社員に周知、徹底させる必要性を痛感した。

平原は社内の意思統一を確認すると、「太洋建設」に株の買戻しを求め、今まで通りの信頼関係を求めた。しかし、「太洋建設」は敵対的買収を通告してきたのである。「太洋建設」はわが国でも屈指のゼネコン（工事請負業者）の一つで、国や地方自治体などが主催する政治的な案件に強みを持っていることでも知られていて、施工技術には定評があったが、デザインを含むソフトの設計面は外部に依存するところがあった。経済効率を追求して企業の評価を高める利益中心主義の考えからすれば、敵対的買収も合理的な経営手法なのだろうが、遊には到底受け入れられる考えではなかった。遊は、組織は利潤を生みだすためにあるのではなく、世の中のために個人の持てる能力を発揮させる場だと考えてきた。そして彼のもとに集まってきたスタッフも、この考えに賛同する人たちであった。

遊は、会社に必要以上の資金を貯《た》め込んだり、創業者が自分だけ収益を得たりするのではなく、優秀な人材にできるだけ高い報酬を支払えるよう、今まで「環境計画」を経営してきたが、今、一番必要なのは所属する企業の存在意義の共有だとの思いを新たにした。

遊の会社は、一万人近い社員を擁する大手ゼネコンから見れば、取るに足らない規模の組織ではあったが、病院や公民館などの公共施設の設計については高い評価を得ており、社員も誇りを持って働いてきた。

遊は今まで大きな社会の矛盾に立ち向かう勇気を持たなかったが、ここに来て初めて根本的な疑問に直面せざるを得なくなったのである。

それは、「人は何のために働くのか」という基本的な問いであった。

病院の経営も、利益の追求が目的であると言えば誰も疑問を抱くが、企業は株主のために最大の利益追求を目的とすると言えば、多くの人は納得する。

株主というのは、特定の個人ではなく資本のことである。遊は資本というのは前時代の皇帝のようなもので、会社の従業員はその皇帝の下で働く奴隷で、経営者は奴隷頭のような存在と考えてみると、明快に社会の仕組みが見えてくるように思えた。

奴隷も奴隷頭も、皇帝のふるまう酒にありついて必死に働く、という構図を思い浮かべて愕然《がくぜん》とした。人の幸福を犠牲にしてもひたすら利益拡大を図る資本の狂気、働く人の犠牲の上に利益を追求する企業のありように、遊はこの歳になって今さらのように自分の無知を痛感した。

遊が「環境計画」を設立したときは、名前も「環境計画研究所」で、株式会社にしようとも考えていなかったのだが、それでは仕事を依頼する相手側が困るだろうということで、あまり深く考えることもなく「株式会社設計事務所・環境計画研究所」としたのだった。

以来、遊は自分を「所長」と言い、「社長」とは言わなかった。

資本金は設立の最低条件の三〇〇万円だった。以来、何度か増資をして今の資本金一億円になったが、遊の持ち分は二十パーセントで、あとはスタッフが持ってくれた。会社に利益を貯め込むのが目的ではなかったので、誰も持ち株の多寡を問題にしなかったのである。まして、その株の所有で外部の会社に支配されるなど、考えてもみなかったのである。「太洋建設」は、「環境計画」の株を発行価格の六倍の三〇〇〇円で最大三十パーセント買い増しして、過半数を取得する考えを伝えてきた。そして「環境計画」の社員と退職者に買い取りを伝えてきた。

平原所長は社員総会を開き、社員の力で会社の独立を守る決意を訴えた。

遊は、社員と退職者のすべてに手紙を送り、社会的使命を果たそうとする建築設計者の誇りと団結を訴えた。

平原は、「太洋建設」の設定した期日までに五十パーセント以上の株を確保するには、あと十パーセントの株を確保する必要があったが、その目途が立たないことを伝えてきた。

遊は、「環境計画」の置かれた状況を社会に公表し、過半数を確保するのに必要な十パーセント分を三〇〇〇円で買い取る決心をしたが、遊にそのような資金の余裕はなかった。さりとて、ほかの企業に助けを求め、同じ轍《てつ》を踏むことはできない。

思案に苦しんでいると、夢が融資型のクラウドファンディングで資金を調達することをアドバイスしてくれた。この助言は、夢がロンドンの歩から得たものだった。

こうして「環境計画」は、遊の呼びかけに応えてくれた見知らぬ多くの人の出資によって苦境を乗り越えたのだが、今さらのように人の温かさと、資本の狂気を思うのだった。

事が収まって平原所長が遊を訪ねてくると、「環境計画」は今までにも増して公共施設の設計依頼が多くなり、従来、評価の高かった総合力に加え、短期間に対応できる機動力が備わってきたと報告して、経営に自信を見せた。

遊は「平原君、どうかね」と、あらためて例の「ミニマム・シティ」の模型を見せた。

平原には一見して、それが尋常でない情熱によって作られたものであることが判った。

平原はしばらく時を置いて、

「石沢さんらしい発想ですね。一つの原理から街を展開しようと考えるところは、やはり学者ですね。空間が立体交差して、外部と内部の境界を曖昧にするのもいいと思います。これは空想建築ではなく、ぜひともどこかで実現させたいですね」と言った。

平原は早くも頭の中で、この遊の都市開発プランを「パティオ・シティ」と名付けて売り込む方法を思案していた。

十六　アッサラーム・アライクム――あなたの上に平安を

石沢歩は、フリーのジャーナリストとして、二〇一四年八月五日、三日間の停戦が発効するとすぐガザに入った。

ガザは一七〇万人のパレスチナ人が暮らす人口密集地で、出入国の自由はなく、水や電気もイスラエルにコントロールされており、市民は食糧、燃料、医薬品など生活に必要な物資のほとんどを、国際援助団体や近隣のイスラム国からの支援に依存している。

イスラエルは、まさにこの〝天井のない監獄〟の住民に対して、その天井から戦闘機で爆撃したのである。

歩は真っ先にアブドラの母、ワヒード・ガルフの安否を知りたかった。

以前に訪ねたことのある孤児支援協会の事務所は、モスクとともに爆破され跡形もなかった。住民の多くは身を寄せ合う場をなくして虚《うつ》ろに道端にうずくまっていた。気丈な婦人たちが、そうした住民に水やパンを配っていたので、きっとその中にガルフもいるはずだと思って、歩は瓦礫の散乱する街を歩き回った。

声のする方を振り返ると、「アッラー・アクバル（神は偉大なり）」と大合唱をしながらやってくる若者たちの一団が見えた。空爆で犠牲になった人の遺体を白い布に包み、御輿《みこし》のように何人もが担いで、近くのモスクまで行進して行くのだった。

歩がその行進の後についてたどり着いたモスクには、すでに何十体もの遺体が安置されていて、そのそばには泣き疲れた多数の遺族がいた。

夥《おびただ》しい遺体の向こうのミフラーブ（壁龕《へきがん》）の前に一つ祭壇が設けられていて、遺体が特別に安置されているのに気づき、近づいて見ると、驚いたことに以前に会ったことのある校長のハッサン・アミードがいた。忘れもしない、アブドラを歩に招介してくれ、彼をエジプトの大学へ推薦してくれた人である。

校長も歩のことを忘れてはいなかった。ハッサンは歩を祭壇に招くと、白布に覆われた遺体を指さし、

「アユミさん。アブドラの母、ワヒード・ガルフです。昨日、神に召されました。共に祈ってください」と言う。

それを聞くと、歩は思わず駆け寄って跪《ひざまず》いた。長年の苦労を感じさせない安らかな顔を見つめていると、涙が止まらなかった。

ハッサン校長は、

「アユミさん。アブドラにお母さんの最期を伝えてほしい。ワヒード・ガルフは昨日も貧しい子供たちにパンや水を配り、衣類を渡し、モスクへ行くよう話しかけていました。そ

の彼女が何の予告もなく、一瞬にして敵の爆撃によって天国に召されてしまったのです。ここでは彼女の世話にならなかった者は一人もいません。昨夜はここでみんな泣き明かしたのです。アブドラに『立派な母親の名に恥じないようウンマのために努めよ。広い世界を見た男だからできる務めを果たせ』と伝えてください」と言った。

歩がイスラム諸国の支援状況を尋ねると、ハッサンは、

「状況は二〇一二年秋の大規模空爆より数段悪い。前回はエジプトとの境界にあるラファ検問所が開放されていて、医療団、救急車、医薬品などの提供があったが、今は封鎖されたままで住民は困窮している。

イスラエルは民衆の犠牲を意に介さない抑圧者だが、『ハマス』は民衆の生活を守れず、自ら武装解除を認めるか、イラク、シリアに拠点を持つ『イスラム国』と同盟して生き残るかの岐路に立っている。民衆の救済こそイスラムであって、反イスラエル組織の存続が目的ではないはずだ」と応え、

「イスラエルも世界に彼らの狂気の理解者を見出すことはできない。いずれ滅亡するに違いない」と付け加えた。

歩は母親の立派な最期をアブドラに伝えることを約束して、モスクを後にした。

エルサレムに戻った歩は、その夜、アル・サウルと夕食を共にした。彼女は『精神的シ

オニズム』という小さな雑誌を発行していて、歩とは古い友人である。

テーブルの上にはニューヨークの新聞が置かれていて、見出しには《恥ずべき砲撃》とあり、「ガザ死者一八〇〇人、七割が市民」と書かれていた。サウルは歩からガザの様子を聞くと、深いため息をついて、

「最近、国防省の幹部が地元のメディアに『我々の国益はアメリカと同じではない』と語り、イスラエルが中国やロシアに接近していることをほのめかした」と話し、

「国の存続のためには、誰とでも手を組む国家主義者が台頭している」と嘆いた。そして、

「今また国を持たないクルド人に武器を与えて『イスラム国』と戦闘させようと策動が始まっている」と顔を曇らせた。

アブドラは、春の新学期から川淵晃介の尽力で白鶴に近い国立大学に招聘され、特任講師として教壇に立っていた。大学での夏期特別講義を終え、これからの過ごし方に思いをめぐらしていたとき、歩から手紙が届いた。

＊＊＊＊

私のイスラムの息子・ワヒード・アブドラへ。

私は八月五日、三日間の停戦が決まるとすぐにガザへ入りました。そして今、私は涙に暮れながら、この手紙を書いています。

本当にこれが神のおぼし召しなのでしょうか。あなたのお母様、ワヒード・ガルフが八月四日未明、イスラエルの爆撃で亡くなられました。

私は、なんと惨《むご》いことを知らせねばならないのかと、今も涙が止まりません。

モスクに安置されたご遺体のそばには、ハッサン・アミード校長先生がいらっしゃいました。先生は、お母様が死の直前まで、貧しい子供たちにパンや水を配り、衣類を渡し、モスクへ行くよう話しかけていたことを貴方に伝えてほしいと言われました。

私はお母様の安らかな顔を見ながら、一日も早く平安な日が来ることを祈りました。

イスラエルの狂気は糾弾してもし尽くせませんが、許された刻限にやっとエルサレムに帰り着いた私に、ユダヤ人の旧友が『共にパレスチナの民として暮らせる日が来ますように』と言って涙を流してくれたことをあなたに伝えたいと思います。

二〇一四年八月六日、お母様ワヒード・ガルフは、聖者の丘に多くの同胞と共に埋葬されることになりました。私は本当の停戦協定が結ばれるのを待って、一番にお墓にお参りをして貴方のいる日本に帰ります。

どうか未来を見つめ、強く生きてください。あなたの人生はこれからなのですから。アッサラーム・アライクム。

二〇一四年八月七日　日本のお母さん　歩より

＊＊＊＊＊

アブドラは、歩の手紙を握りしめて一夜を泣き明かした。

夜が明けると、彼は白鶴のベラのもとへ向かっていた。今、共に泣いてくれるのはベラしかいなかった。

ベラは、突然アトリエを訪れてきたアブドラが差し出した歩の手紙を読むと、思わず彼を抱きしめて泣き崩れた。

アブドラは、合理的な数理によって複雑な社会や自然、生命が解明できるはずだという自分の今までの信念が揺らいでいるのをベラに告白した。人は数には還元できない。まして母の一生は。そして、イスラムの民を殺した先進国の多数派民主主義も万能ではないと語るのだった。

ベラは、ユダヤ人の救済は心の中にあると、自分の芸術への思いを熱く語り、

「私たちが住める土地は、この日本だけかもしれないわ。私はそれでもいい。私はアブドラ、あなたと共にパレスチナの民として、未来を生きたいの。世界のどこにも私たちの住

むところがないとしたら、ユダヤ人にも、アラブ人にも本当の未来はないわ」と言うと、アブドラも大きくうなずいた。

話し疲れて、アブドラが、

「アッサラーム・アライクム（あなたの上に平安を）」と言うと、ベラはヘブライ語で、「ヘヴェヌ・シャローム・アレイヘム（あなたがたみんなに平和を）」と応え、二人はベラのベッドに体を横たえると、朝を迎えるまで互いを温めあった。

十七　再会

晴美の著書『ハーブのある暮らし』は、歩とロビンズの助力で英語版が『ハルミ・ガーデン　ハーブのある暮らし』という表題でイギリスでも発売された。

それまでも歩は、狼森の庭を「晴美さんの庭」と言い、手紙にもしばしば〝ハルミ・ガーデン〟と書いていたが、狼森の庭が広く〝ハルミ・ガーデン〟と呼ばれるようになったのはこの時からである。

遊の発案で〝ハルミ・ガーデン〟が一番美しく色づく秋に出版祝賀会をすることになった。晴美は自分のことを自分で祝うこのプランに気後れしたが、この出版を成功に導いてくれたみんなに感謝し、ロンドンの歩とパートナーのロビンズをこの狼森の自宅に呼びたかった。そして、兄の晃介と歩を和解させたいと願った。

晴美にこの企画が成功する自信があったわけではないが、時は流れ、みんな人生の折り返し点を通過しているのは確かである。晴美には誰もが自分の著書の出版を祝ってくれる今なら、再会を喜び合えると思えた。

晃介は、妹の晴美の二冊目の著書の出版を祝うパーティーが狼森の妹の自宅で行われることを聞き、その前日に神渡の両親を訪ねた。

パーティーには、歩が日本を出て四十六年ぶりに帰国して参加することも聞かされていた。それも、人生のパートナーと決めた男性を伴ってやってくるというのだ。この日以外に二人が再会するチャンスはない。そして、許し合えるチャンスもない。

晃介は、歩との再会を前に、父とも長年の蟠《わだかま》りを解きたかった。


久しぶりに帰って来る晃介を、今年九十歳になった母の美津は、彼の好きな手料理を作って待っていた。

その夜は母の用意してくれた筑前煮や田楽、ワカサギの南蛮漬けを肴に父と日本酒を酌み交わした。酒好きの父にぜひ食べさせたいと思って、晃介が持ってきた琵琶湖の熟寿司《なれずし》の珍味「鮒寿司《ふなずし》」を、母は、

「こんなに臭い食べ物があるなんて知りませんでしたよ」と呆《あき》れながら出してきた。

晃介が「鮒もいいけれど、この米が美味なんだ」と父に勧めると、父は恐る恐るそれを口に運び、「これはいける」と旨そうに食べた。そして、

「中国人にはこの味は判らないだろうな。彼らは何でも火を入れてしまうから」と笑った。

母が、晃介の持ってきた自作の壺を床の間に置いて、

「さあ、明日は何を生けましょうかね」と言うと、父の雄一は、

「どこかから掘り出してきたような土器だな」と言った。そして、

「晃介、医者が土器作りを始めたのかい」と訊いた。

晃介は海外に出る機会があると、時間を見つけて博物館へ行き、古代の土器を見るのが趣味で、轆轤《ろくろ》や窯《かま》などの道具のない時代の土器の形や色の素朴な美しさに魅せられたのだった。

父の雄一は高校で校長をしていて、漢文を教えていたのだが、晃介はこの漢文が一番苦手で、父を敬遠する理由の一つであった。晃介が、

「父さん。漢文の訓読ほど不可解なものはないと、今でも思っているんだけど」

と酒に酔った勢いで言うと、父は、意外にもすんなり受け入れて、

「漢文の日本式訓読法は、本来の発音や文法を無視して、自国の訓読法で読むという世界でも類のない翻訳方法なんだ。これは外国人とコミュニケーションする機会も少なく、その必要も感じなかった島国だったからだろうね。勝手に自分たちに納得しやすいように言葉を置き替えて、外国人の物の考え方を理解しようとしないのは、今も大きく変わらないと言えるね」と言うのである。

今、雄一が関心を持っているのは、古い中国の詩人の語句の細かな詮索ではなく、古代の日本語を拾い集めることだった。雄一は、

「八十を過ぎての勉強だから、遅々として進まないがね」と言いながら、

「言葉には長い祖先の歴史の痕跡が残っていて、この謎をパズルのように解いていくと、今日の日本人の成り立ちが見えてくるんだ」と言う。

晃介は父の話を訊きながら、案外、父と妻の桂子《けいこ》とは話が合うかもしれないと気づき、ここに彼女を連れてこなかったのを悔やんだ。

桂子は趣味として俳句を創っていたが、彼女は俳聖と言われる松尾芭蕉の厳しさより、与謝蕪村のおおらかさが好きだと言って、趣味で入っている句会の雑誌に蕪村の句の英語訳を連載していて、時々自慢の翻訳を聞かされるのを思い出し、晃介は唐突に、

「漢詩の英訳をする人はいるんですか」

と訊いた。雄一は、

「ヨーロッパでの翻訳は歴史があるけれど、日本人でやる人は知らないね」

と少し戸惑った様子で応えた。

雄一は酒がすすむほどに、古代語の蘊蓄を披瀝《ひれき》し始めた。

「『大和』という国名は『山門』という意味で、山の入り口である。『と』は入り口、あるいは門を意味する古代語なんだ。『港』は『水門』と書いてみると、水のあるところの門という意味だと判る。女性器を表す『ほと』は炎のように熱いという意味の『ほ』と『と』が一つになったものだが、現代でも女性が男のもとへ『嫁いで行く』と言うが、この『とつぐ』は、古代にあっては『と』は女性器を意味し、『つぐ』は文字どおり『結合』を意

味して性交を表す言葉だったことが判る。言葉というものは、こうして探してみると結構面白いものだ」と言うのである。

晃介は、九十三歳になる父の雄一がこんな話を息子に楽しそうに話すのを訊いて、驚くとともに大いに愉快であった。あの謹厳実直な校長先生の父にも、こんな一面があったかとうれしくなった。

考えてみれば、晃介は父とこうして酒を酌み交わしながらとりとめのない話をしたことが一度もなかった。今日も、父の期待を裏切って大学を辞め、父の教育者としての面目を失わせたことについての恨みごとの一つでも聞かされては堪らないと思っていたのだが、そうしたことは無用な心配だった。興味の赴くままに知的な好気心で言葉の研究を続けている姿に、尊敬の気持ちすら湧いてくるのだった。

晃介が、

「お父さんは、歳を取ってから酒が強くなったようですね」

と言うと、雄一は、

「最近、味が判るようになってきてね。食物の味に、酒の味。それに人生の味もね」

と言う。そう言って、にっこり笑った顔が幸せそうだった。

母は二人の話を聞きながら、

「明日は早めに向こうに行って、この壺に花を生けましょう」と言った。

九十歳を超えても美津はまだ、自宅近くの公民館でお茶と生け花を教えていた。彼女は教師をしていたことがあるせいか、本が手放せず、長く吉田兼好の『徒然草』を座右の書として親しんできたが、

「この頃は、めったに書物を読まなくなって、一服のお茶、一輪の花の方が大切に思えるようになりましたよ」と言うと、二人に就寝を促して先に休んだ。

問われるままに晃介が自分の作陶について話しながら、ふと父を見ると、いつの間にか居眠りをしていた。父もやはり歳だと思うと愛《いと》おしくなってくるのだった。

父を床に寝かせ、晃介が二階の部屋に入ると、そこには昔のままに机と書棚とベッドがあった。心地よい布団に体を横たえると、幼い頃を思い出しながら深い眠りに落ちた。

雄一と美津と晃介は、タクシーで一番早く〝ハルミ・ガーデン〟へやってきた。

晃介は秋色に染まった森を見て、

「遊さんはいいところに住まいを持ったね」としきりに嘆息した。

晴美が母の美津を庭へ誘ったので、遊は雄一と晃介をリビングに招き入れた。こうして三人が一つのテーブルに着くのはいつ以来であろうか。遊はアップルティーを勧めながら、

「晃介さんは病院の院長を退職されたと聞いていますが、今はどうされているのですか」

と話を向けると、

「いや、今は勤めを終えて、何か全く無意味と思えるようなことをやってみたいと思ってね」と穏やかに話す。

「例えば、今日持ってきた花瓶づくりが目下の仕事でね。売るわけでも、売れるわけでもなく、ただ面白いと思って土を捏《こ》ねているんだ。古代の野焼きの土器に惹かれてね」

と、まんざらでもない様子である。

「ところで、遊さんもご自分の設計事務所を辞められて、今どうされているんですか」

と晃介に訊き返されて、遊は、

「私もよく似たもので、建築のあてもない設計をのんびりとやっているんです」

と言葉を濁す。雄一は二人の会話を聞きながら、

「私は二人とも、もう少し何者かになってくれると思っていたんだが、これもこちら側の勝手な思いだと、昨夜《ゆうべ》晃介と酒を飲みながらつくづく思ったよ。二人ともよくやっている。人生は自分のものだと、やっと今頃判ってきたんだ」と笑った。

そこへ夢が、夫の森量平と娘の空を伴って、

「お祖父《じい》様、伯父様、いらっしゃい。ご挨拶が遅くなりました」

と言いながら入ってきた。晃介は空が六歳になり、来年は小学校へ行くと聞いて驚いたが、また、遊を羨ましく思った。

美津と晴美は、森へ入って真っ赤な実をつけた枝を持って帰ってきた。それは、枯れ枝

に巻きついたサンキライだった。美津が晃介の作った土器の壺にこれを差し入れると、戸外の秋が部屋にも充ちて、またみんなの話題が〝ハルミ・ガーデン〟に戻った。

美津は、

「サンキライはサルトリイバラとも言って、棘《とげ》のある蔓《つる》にサルも引っ掛かるということから来ているの」

と話し、ほかにナナカマドやアキグミの実も色づいていて、カワラヒワやツグミがその実を食べていたことを話すと、晃介は「私も見てこよう」と遊に森への案内を促した。

そこへ、勝ちゃんと響子が三人の娘を連れてやってきて挨拶をした。勝ちゃんは籠を持ってくると、

「今の時期には、この狼森はキノコがたくさん採れますから、お昼はキノコのパスタを召し上がっていただこうと思います」

と言うので、遊と晃介は木道を通ってホンシメジの採れる林の中に入っていった。

勝ちゃんの作ってくれたこの木道のおかげで、晴美の大切にしている草花を踏まずに水源の見回りにも行け、雨や雪の日も森の中を散策できるようになったのである。

ホンシメジは、コナラやアカマツの雑木林に株状に生えていた。次にクリタケを探した。広葉樹やカラマツの倒木に四、五本群がって生えていて、五センチくらいの茶色の笠をしており、これも大変美味しい。同じところに少し黄色いキノコが生えているが、こちらは

ニガクリタケと言って猛毒である。

遊はそんなことを晃介に教えながら、もう一つ、エノキダケを探すことにした。

小川に倒れ込んだ大木の根元に屈み込むと、

「晃介さん、これが自然のエノキダケですよ。採ってみてください」と促した。

黒い毛に覆われた柄の上にビロード状にぬめった笠が光り、強い香りを放っていた。

遊は「あとは舌で森の恵みを堪能してください」と満足そうに言った。

岩の下から湧き出ている水源を案内してから、あまり勝ちゃんを待たせないようにと森を出た。

勝ちゃんは、大きなフライパンにオリーブ油を入れ、みじん切りしたニンニクを弱火で香りが出るまで炒めると、今採ってきたばかりの三種類のキノコの石突きを手早く処理してフライパンに入れ、塩・胡椒《こしょう》で味付けし終わると、レモンをギュッと搾った。そこへ、響子が間髪を容れず茹でたばかりのパスタを入れた。

二人の手際の良さに見とれているうちに、キノコたっぷりのパスタ料理が出来上がった。

晴美が「さあ、勝ちゃんも響子さんも、みんな一緒にいただきましょう」と声をかけ、全員がテーブルに着くと昼食会が始まった。キノコのしっかりした味わいと、レモンの味付けが大好評だった。夢の一人娘の空は、響子のまだ幼い三人の子供たちの長女のように食事の世話をしていた。

三時近くになって、歩とロビンズがやってきた。みんなが庭に出て迎えると、歩は両手を挙げ、真っ赤なドレスをなびかせながら足早にやってくる。その後を追うようにロビンズが近づき、みんなの歓迎に応えた。

歩はその中に晃介がいるのを目ざとく見つけ、近づくと、晃介は少しはにかみながら片手を高く挙げた。晃介の白いワイシャツにブルージーンズ姿は昔のままだった。

「やあ、お帰りなさい。元気そうだね」と言う彼の屈託のない笑顔を見て、歩は安心した。近づくと、長く忘れていたポーチュガルのリキッドの匂いがした。スタイリストの晃介が今もその頭髪化粧品を使っているのを知って、彼の下宿で過ごした四十数年前を思い出してしまった。

夢が歩のところへ走り寄ってきて「叔母様、お帰りなさい」と抱擁した。

遊と晴美は二人を微笑ましく見ながら「お帰りなさい」の言葉を繰り返した。

歩にとって一つ残念なのは、アブドラとベラがこの〝ハルミ・ガーデン〟にいないことであった。ベラの個展が急遽ニューヨークで開催されることになり、ベラはこの三年間に新しいアトリエで描きためた作品を持って日本を離れていた。アブドラも個展の開催を見届けたらすぐに歩に会いに帰ってくると言い残して、後を追ってニューヨークへ行ったのである。

歩は、日本の大学で准教授に昇進したアブドラを早く見たかった。そして、夢から知らされているベラにも会いたかった。

みんなが〝タペストリーの館〟のテーブルに着くと、改めて晴美がロビンズに一人ずつ紹介した。

歩がテーブルの中央に活けられた真っ赤なサンキライの実を見て、思わず「ビューティフル」と言うのを聞いて、美津は、

「この生花はあなたのお母様から教わったのよ」と声をかけた。歩は雄一と美津に今までのご無沙汰を詫《わ》びた。

ひとしきり話が弾んだ後、席を庭に移し、勝ちゃんの作った大きな木製テーブルを囲んで午後のお茶を楽しむことにした。上空は雲一つなく澄み渡り、十月の穏やかな日射しが降り注いで、〝ハルミ・ガーデン〟はいつにも増して長閑《のどか》だった。

テーブルの上の白い花瓶には、ピンクのローズゼラニウムが挿してあって、その葉をのせて焼いたパンケーキが運ばれた。ケーキにつけるハチミツにも花の香りが移り、紅茶のカップにも一枚の葉が浮かべられて、ローズの甘い香りが漂うと、勝ちゃんのハーブのアイデアに歓声が上がった。

ローズゼラニウムの栽培方法やローズの香りのパンケーキの作り方は、晴美の著書『ハ

ーブのある暮らし』に詳しく載っており、それが今、このテーブルに出されたのを知って、歩も感激ひとしおであった。

ロビンズはハーブティーを飲みながら、流暢《りゅうちょう》な日本語で、今回の晴美の著書の英国での評判を話した。英国では日本の主婦がナチュラル・ガーデンをつくり、その暮らしぶりを自分で紹介したことに注目していて、新しい日本観が生まれるだろうと言う。

この日は、この庭で二匹目の住人である愛犬のフェス二世も、いつもより楽しげに庭を走り回り、犬好きの英国人をさらに喜ばせた。

お茶のあと、夢が今日の日のために準備を進めてきた、自宅アトリエでの個展を見ることになった。個展には、地元の知人以外に東京からも美術評論家やジャーナリストが来ていて、関心の高さが窺えた。

このアトリエは、夢が画家になる決心をしたことを知った遊が、鏡湖の畔に打ち棄てられていた村の精米所を譲り受けて改築したものであるが、まだ米糠《こめぬか》の匂いが残っていた。板張りの床に太い梁の走る天井と白い壁、このシンプルな空間の三面が絵で埋められていた。

彼女の絵は、水彩画とは思えない重量感と、油彩画では得られない透明感で、見る者の目を釘づけにした。

正面の壁に掛けられた『碧い地球シリーズ№31～50』は、マンハッタン島のビルのシルエットが夕日に輝き、雪を頂いたエベレストが天を突き、砂模の大地の砂が空に舞い、サンゴ礁の青い海が雲間に広がっていて、どれも力強い地球の息吹を伝えていた。天空からぐるりと地球を一周すると、どの風景も小さな地球上に人々が共存しているのが判る。

反対側の壁の絵は、一転して色彩の渦で、暗闇に赤く輝く無数の星の中央に、青い小さな球体がうっすらと輝いていた。

その隣の絵は、暗闇に白とブルーの点がちりばめられ、その点の大きさにリズムがあって、一つだけひときわ強く緑に輝く球と、消えそうな淡いブルーの球が見える。

みんなお喋りも忘れて見入っていると、晃介が夢に近づいて、

「向こうの絵は、人工衛星のような上空から地球を見ているんだと判るんだけど、こちらの絵は何なんだろう。これも地球かい？」と訊ねた。

夢は、

「私は地球は少なくとも二つ以上、この宇宙にあると思っています。輝いている地球と、力を失って消えていく地球もあるの。それをイメージして画いたんです。

月が地球と同じ物質で出来ているのを知ったように、宇宙には地球と同じ物質で出来たもう一つの地球が必ずあると思うのです。そして、その一つはすでに人の住めなくなった滅んだ地球かもしれない。

そのような宇宙を、人間が地球と共に、今、飛んでいるんだと感じられるようになれば、人々の考えは変わると思うんです。私は、天文学の知識としてではなく、誰もが絵を見ることによって直感できる宇宙が画ければと思っています」と力を込めて応えた。

晃介は、

「夢ちゃんは、もう立派な芸術家だよ。君の思いが十分絵から伝わってくる」と称賛した。

晃介は、夢に寄り添うように立っている夫の量平にも声をかけ、

「これは量平君の影響かね」と訊いた。量平は、

「夢ちゃんが芸術家に変身するなんて思ってもみませんでした」と言うと、晃介は、

「僕の理解では、科学者はここまでしか判らないということに耐えられる人。すべてを一気に理解したいと思う人は宗教家。自分の思いを感覚的に伝えたいと思う人は芸術家なんだね」と二人に語った。

近くで晃介と夢の話を聞きながら、歩は夢の成長が眩《まぶ》しかった。歩は心の中で、

「私に子供がいたら、こんなふうに成長してくれただろうか」とふと思った。

歩はロビンズを呼んで、今聞いた晃介と夢の会話を紹介した。ロビンズは夢が『碧い地球シリーズ』という一つのテーマで創作を続けていることを知って、

「夢さんは、アース・アートという絵画の新しい一ページを開いたんだね」

と英国人らしく大げさに感嘆してみせた。そして、月の地平線に地球が現れる『作品№

50・地球の出』の前に立つと、

「この個展の開催地が〝ハルミ・ガーデン〟だったことは、将来、特筆されるでしょう」

と絶賛した。そして、

「夢さん、あなたの作品の題名は『碧い地球』だけど、どうして『青い地球』じゃないのですか。私は、まだ十分日本語が理解できていないので教えてください」

とロビンズが言った。夢は、

「地球は単色のブルーではないのです。碧《へき》は濃いあおみどりを表しますが、水が循環し、草花が咲き、樹林が深い森をつくり、山脈となり、生命が息づく大地の色です。そう、この〝ハルミ・ガーデン〟こそ『碧い地球』なのです」

と答えるのを側で聞いて、遊と晴美も、夢の絵の新しい境地を知り、娘の新たな門出を喜んだ。


夕食の時が来た。薪ストーブに赤々と火が入って、みんながペンションのテーブルに着くと、響子が、

「それではメニューの説明をさせていただきます。サラダはトマトのヨーグルトサラダです。お魚は岩魚のお刺身です。お魚とワサビは、今日の日のために遊さんが二週間前に白鶴の谷に入って取ってきてくれました。お肉料理は鹿肉のソテーです。デザートはリンゴ

のタルトです。どれもこの白鶴の里でとれたものです。今日のお料理のレシピは『ハーブのある暮らし』に載っています。お気に召したら作ってみてください」と案内した。晃介の勧めで、歩が乾杯の音頭をとることになった。みんなの前に小さなグラスが置かれ、遊が、

「ペンションのお客様には出せませんが、森で採った山葡萄で私が作ったものです」

と言って赤いワインを注いだ。

歩は立ち上がると、

「晴美さん。出版おめでとうございます。この本は日本の森の生活を外国に知らせるきっかけになると信じています。日本の田舎の美しさ、日本人の心の豊かさは、きっと世界の人々を引き付けるでしょう。この『ハルミ・ナチュラル・ガーデン』も、『ペンション・響』も、これからは海外からの訪問者で賑わうことでしょう。私も、ロビンズも、少しだけお手伝いができて誇りに思っています。ここに晴美さんをよく知る皆さんがテーブルを囲んで再会し、乾杯できるのは本当に幸せです」と言葉を詰まらせながら、

「乾杯！」とグラスを高々と差し上げた。

響子と勝ちゃんはかいがいしくテーブル・サービスに努め、ロビンズは日本人のようにお祝いに持ってきた年代物のワインを一人ずつに注いで回り、楽しい宴が続いた。

ロビンズが「こんなに美味しい鹿を今まで食べたことがない」と感激して言うので、遊

は、

「肉の焼き加減と、バルサミコ酢を使ったバターソースでお肉をしっとりした仕上がりにしているのはシェフのお手柄ですが、この鹿肉について少しお話をしましょう。

この白鶴の里の『おかげ森』は江戸時代より狩猟の入会地《いりあいち》で、税を鹿革で納めていたので今もその伝統が少し残っています。猟師によると、野生の鹿の狩猟は大変難しくて、一発で仕留めないと肉に血が回ってしまうというのです。仕留めた鹿はその場で解体し、七十キロの鹿から三キロの肉をとって、すぐ山を下りるというのです」と説明を加えた。

楽しい夕餉《ゆうげ》のひとときを過ごすと、雄一と美津は一足早くペンションの部屋に引き揚げて休んだ。雄一が、

「夢ちゃんが、ロビンズに〝ハルミ・ガーデン〟にこそ『碧い地球』があると話していたね」と美津に語りかけると、美津も、

「夢ちゃんも画家になったんですね」と嬉しそうに相槌を打った。暖房の効いた部屋はやさしいラベンダーの香りがして、二人は満たされた心地で眠りに就いた。

晃介とロビンズと量平と勝ちゃんの男達四人は、遊の誘いで森の「瞑想室」に席を移して飲み直すことにした。

遊はこの日のために用意した岩魚とフォアグラの燻製を持ち出して、雄一のくれた日本酒を勧めた。フォアグラは遊の注文で量平が東京から持ってきたものであったが、岩魚は、

遊が今日のために白鶴山の深い谷に分け入って釣ってきたものであることを勝ちゃんが披露すると、ロビンズも晃介も感激して渓流釣りが話題になった。

遊は皆の求めに応えて、二週間前に尺岩魚を釣ったときの話をした。

その日はどうしても尺岩魚を一匹釣って遠来の客を驚かせたかったので、勝ちゃんが見つけた「魚止めの淵」へ直行した。そのシークレットポイントは白鶴山の裏で、勝ちゃんが来るまでその谷へ入る道は遊にも判らなかった。

勝ちゃんの唯一の趣味がフライフィッシングで、遊は彼がこの狼森に来てから手ほどきを受けるようになったのだが、この「魚止めの淵」の対岸にある洞窟にシューティングラインを滑り込ませる技の習得に専念していた。ダブルハンドで遠投し、洞窟の前の大きな渦の向こうにフライを落とすことができれば、尺岩魚も夢ではなかった。

この日はいつもと意気込みが違ったのか、第一投目から成功した。ドライ・フライに軽い当たりがあったが逃してしまったので、すぐフライをニンフに代え、水中に一メートルほど沈めると、水面にリーダーを浮かせてラインを引っぱらないよう気をつけながら、数秒息を止めて待った。

軽い当たりが来たと思った途端、一気に魚が回るように走った。素早くリーダーをたぐり寄せると、黒い肌に白い星をちりばめた見事な尺岩魚が水面に躍り上がってきた。

ここまで聞くと、ロビンズは遊のフライフィッシングの技量に拍手を送った。

しかし、話には続きがあった。遊が帰り支度をしていると、川下で人影がして、近づいてみると、テンカラ釣りをしている老人がいた。テンカラ釣りというのは日本の古くからの釣り技法で、短い竿に糸を付け、竿の操作で毛鉤を躍らせて釣る大変難しい釣法である。その老人がどのように釣るのか興味を持った遊が、顔の見えるところまで近づくと、その人は驚いて、

「石沢先生じゃないですか」と声を発した。

遊がその反応にびっくりしていると、

「もうとっくにお忘れでしょうね。先生は私の郷里の名士ですから、よく覚えています」

と言い、

「先生も渓流釣りをされるんですか。私はテンカラですが、先生はフライのようですね」

と今度はさも親しげに言葉をかけてきた。その男は言葉を続けて、

「私はずっと昔、一度お目にかかったことがあります。羽田の国際空港で」と言った。

遊は、あっと声を出しそうになった。その男の顔は覚えていないが、「警察庁公安部」の名刺を出した男がいたのを朧気《おぼろげ》に思い出すと、その時の不安がまざまざと甦ってきた。

山根と名乗るその男は、昨年、定年退官し、妻の故郷の白鶴に住んで、やっと釣り三昧ができるようになったと言うのである。遊よりずいぶん老けて見えるその男は、

「それにしても、先生はよくこのポイントを見つけられましたね」と言い、東京に住んでいるときも、このポイントを探し続けて、やっとここにたどり着いたのだという。

ここは「正吉ヶ淵」と言って、明治の中頃まで職業漁師をしていた男の名前が付いた淵で、そのことを知っている者も今はほとんどいなくなり、職業柄か性分でここを探し続けたのだという。

遊は気まずい気持ちを取り繕うように、魔法瓶に残っていたコーヒーを勧めて別れたのだが、別れ際に山根が、

「余計な話かもしれませんが、私が退官する頃には、調査リストに妹さんの名前は消えていました」と言ったのである。

遊は、ここまで話すと、

「私は、遠い昔のことなので誰にも言わないでおこうと思っていたのに、釣り自慢のついでに言ってしまいました」と詫びた。

聞いていたロビンズも晃介も思い当たるところがあって、

「いや、これで気持ちが楽になりました」と言ってくれた。遊は、

「とっくに時効になっていることなのに、晃介さんも、ロビンズも気にかけていてくれたのですね。ありがとう」と礼を言った。

量平と勝ちゃんは何のことか判らなかったが、二人とも賢い男なので、黙って酒を飲みながら聞いていた。

ロビンズは、話題を燻製づくりに変えた。ロビンズは、晴美の『ハーブのある暮らし』に挿絵入りで書いてあった「遊さんの燻製小屋」の話を、ぜひ本人から訊きたいと思っていたのである。彼によれば、これほどソフトな燻製は知らないと言うのである。

遊は自分の設計した「クンセイ・ハウス」の話をした。

「あれは、建築家の私が建てた一番小さなハウスです。これにはちょっとした工夫がありましてね。ハウスの煙道の長さの調整で温燻も冷燻も作れるんですよ。興味のある方には明日、実物をお目にかけましょう。お望みならば設計図も」と言うと、ロビンズは、「ぜひその設計図が欲しい」と言い、早くも英国へ帰ったら自分で作るつもりになっていた。

男たちが移った後のペンションでは、女だけの会話が弾んだ。

響子は棚に並んだ果実酒を指して、

「みんなここで採れた実をホワイトリカーやブランデーやジンに漬けたんです。リンゴやカリンのほかに野鳥が好んで食べる野苺や山葡萄、ナナカマド、アキグミ、ガマズミなどですけれど」と試飲を勧めた。

歩は晴美にロビンズとのことを訊かれると、

「彼とは結婚という形はとらないけれど、かけがえのない人生のパートナーです。彼は、B・P通信をリタイアして出身校のロンドンで教授をしているのですが、近くそこを辞めて、彼の生まれ故郷であるロンドン郊外のチェルシーにある、キングス・ビレッジに引っ越します。そこには年老いたロビンズの父が一人で待っていますから、時折帰っていたのですが、これからは彼の故郷で、『イスラームの近代化と現代政治』というテーマで本を共同執筆する予定です。

これは、私とロビンズが出会ってから、ずっと議論してきたテーマなの。日本人には、中東とかアラブというと、何かよく判らない遠い国の話に思えるでしょうけど、アラブは世界の政治の縮図なのよ。ジャーナリストの使命感みたいなものね」と意欲的に語った。

夢は若々しい叔母に感心しながら、響子の作った果実酒を次々と試して酔っぱらってしまった。

晴美が、遊が今日のために作った岩魚とフォアグラの燻製を持ってくると、みんなその美味しさに舌鼓を打ち、

「晴美さんは、いい夫に巡り合えて羨ましい」と、ひとしきり遊の話に花が咲いた。

みんながそれぞれの部屋に帰ると、遊と晴美はどちらからともなく「お疲れさま」と声

をかけあった。ベッドに入ると、晴美はしっかりと遊の手を握った。晴美の体からはいつにも増して甘いリンゴの匂いが立ちのぼり、遊が心地よい疲れを味わいながら、「晴美ちゃんは今を盛りと炎《も》えにけり、だね」と冗談を言うと、晴美は少女のように顔を赤らめた。

十八　長年の友

朝一番の東京行きの列車に間に合うよう、夢が量平を白鶴駅まで車で送って行くと、遊と晴美はいつものように庭を散策した。フェスも元気よく走り回りながら後をついてくる。朝露を踏み、冷気を胸いっぱい吸い込むと、昨日とは違う新しい一日が今日も始まったことを実感する。

しばらくすると、ロビンズと歩が手をつなぎやってきた。遊は二人を、森を流れる小川の水源へ案内した。

「自分の敷地内を川が流れるというのは、英国では貴族のステータスシンボルですよ」とロビンズが言う。遊は笑いながら、

「それは鱒釣りができる大きな川でしょう。でも、この小川にも魚が住んでいるんです。鱒が三匹と岩魚が二匹。鱒は養魚場から買ってきたものですが、岩魚は二週間前に私が「正吉ヶ淵」で釣ってここに入れたのです。ここの湧き水は年間十五度を超えないので岩魚も住めるんですよ」と言って、手で水を抄《すく》って飲んでみせた。

ロビンズも真似て、「美味しい」と言うと、歩にも勧めた。

晴美は湧き水の出ている大岩の裏へ歩を案内して、

「今年の夏の初めに、ここでヤマシャクヤクを見つけたの。ここに住んでもう何十年も経つのに、まだ知らないことがいっぱいあるの。今はルビーのような赤い種をつけているけれど、花は私の両手の中にすっぽり収まるくらいに小さくて、丸くって真っ白で、本当にこの森の真珠だと思ったわ。来年、この花の咲く初夏にもう一度来てほしいわ」

と言うと、歩は、

「いつか必ずここに帰ってくるわ。狼森の庭は、晴美さん、あなたの作品だから」

と力を込めて言った。

朝の散策を終えると、遊はロビンズを燻製ハウスに案内した。幅一メートル、高さ二メートルに奥行き六十センチという小さな小屋である。

「外観はご覧のとおり、正面の上下に扉があり、側面には一番上に小窓があって、その下に幾つか穴が開いていてコルクの栓がしてあります。下の扉から炭火を入れたコンロを入れ、その上に桜のチップを入れたプレートを置く。上の扉からは食材を金網の上に載せておきます。プレートと金網の間に間隔を置いて、渡す板の枚数によって、煙道の長さを一メートルから五メートルまで調整できるんです。これによって金網の上の食材にたどり着く煙の温度を調整することができます」と説明すると、ロビンズが、

「なるほど、こうして温燻と冷燻を使い分けるんですね」と納得したように言う。

ロビンズは「チップはどうするんですか」と訊ねる。

「近くの木工所に、ヒッコリーや桜のノコギリ屑を取っておいてもらうんですよ」と遊が応える。歩と晴美は、燻製ハウスを前に熱心に語り合う二人が微笑ましかった。


リビングに帰ると薪ストーブに火が入っており、雄一と美津と晃介が待っていて、温かいトマトスープが用意されていた。

トマトスープは中央に湯むきトマトがあって、周りに生ハム、赤と黄のパプリカ、キュウリが入っていて、バジルがアクセントに使ってあった。昨夜、食べすぎたお腹にピッタリの、勝ちゃんの心配りである。

その美味しさにつられて、ひとしきり料理談義に花が咲くと、遊が、

「今晩は、私がスモーク・オイスターの料理を用意しますから、楽しみにしてください」

と言ってみんなを喜ばせた。


晃介は、遊が今、何をしているのか知りたかった。まさか釣り三昧ということもないだろうと思ったのである。

「遊さん。先日、建つあてもない建築の設計を楽しんでいると聞いたけれど、もう少し話してくれない？　興味があるんだ」と問いかけた。

遊はちょっと考えて、

「私の書斎にある建築模型を見てもらった方が判りやすいかもしれないので、あとで案内しましょう。今、私が考えているのは、真面目《まじめ》な空想建築なんです。真面目と空想というところが、ちょっと夢と似ているようで困ってしまうのですが。

私は今まで公共施設を中心に設計をしてきたのですが、個人のわがまま住宅の設計以上に面倒なことが多いのです。これからは、自分の作りたい施設の設計をして、その考えを社会の人に見てもらおうと思っているんです。どんな建築物もいつかは朽ち果ててしまうのですが、建築の思想は残ります。それを信じて仕事をしようと思うのです」

と話すのだった。

遊は、みんなを〝タペストリーの館〟の書斎に案内した。

テーブルの上の模型は、森と湖のあるランドスケープだった。遊はその模型を指さしながら、

「湖面周遊道がこのプランの中心なんです。湖面周遊道というのは、湖の水面上に木道を作って周回する散歩道、レジャー、スポーツの施設です。湖はほとんどが地方自治体の管理下にあり、公共施設が作りやすいんです。

また、周遊道はウォーキングやマラソンを一年中でき、水上の道にすることで自然環境の破壊を少なくすることができます。さらに、カヌーやヨットなどの水上スポーツの施設

と一体化させた宿泊スポーツセンターを湖周に整備することによって、効率的な運営が可能になるのです。

　主体になるのは既存のリゾートホテルやペンションです。こういった公共性のある施設のアイデアを具体的な型で示すのが、私の言う真面目な空想建築なんです。

　マラソンの四十二・一九五キロメートル以上の周遊道を作ることができる湖が、日本には十か所以上あります。例えば白鶴湖と鏡湖を合わせれば、四十二・五キロメートルの周遊道ができます。このアイデアを基にした施設が一か所でも実現すればうれしいんですよ」

　と楽しそうに話すのだった。それを受けて、夢が、

「次は、月に地球観測所を建てる空想設計をお願いしているんです」と言った。遊は、

「月も地中も海中も、建築の考えは同じなんです。閉じられた系の中で、人がどのように快適に生活できるかがテーマなんです」と真面目に応じた。晃介は、

「夢ちゃんの宿題には、人が生きるための酸素や水の問題を解決しないといけないね。僕も一つ空想科学者になるか」と軽口を言った。

　お昼近くになって、歩は急に自分も料理を作って、みんなに食べてもらいたいと思い立った。

　歩が日本を離れる直前に世話になった、女性解放運動家の深谷陽子の娘、香織が、まだ

中学生のときに教えてくれたシーフードのパエリアは、歩が唯一自慢できる料理であった。香織と作った一皿のパエリアで、今もそのときのことを忘れないのと同じように、ここにいるみんなが、いつまでも自分のことを忘れないでいてほしいと思ったのである。

勝ちゃんと響子は、歩の要望に従って、急遽、お米、遊の釣ってきた岩魚、小エビ、オリーブ油、白ワイン、パセリ、レモン、ピーマン、キノコ、サヤインゲン、トマト、タマネギ、ニンニク、ほかに固形ブイヨンと塩・コショウ、それにサフランの代わりの粉唐辛《こなとうがら》子《し》などのキッチンにあった材料をそろえた。

歩は仕事でいろんな国へ行くのだが、時間があれば市場を見て歩き、そこで手に入る食材でパエリアを作るのが趣味だった。

歩の手際よい料理の仕方にはみんな驚いたが、その味にはシェフの勝ちゃんも感心しきりであった。お米の固さが絶妙なうえに、サフランの代わりに使った粉唐辛子の味が深味を増して、夢は思わず「私も作ってみたい」と言った。

食事が済むと、雄一と美津と晃介の三人は、晴美の運転する車で神渡の家へ帰った。雄一がもう一晩、飲もうと晃介を誘ったからである。

遊は、自分の作ったスモーク・オイスターのオリーブオイル漬けを、酒の肴《さかな》にしてもらうよう美津に渡した。

その夜は、歩とロビンズに遊と晴美と夢の五人での食事であった。空は響子と勝ちゃんが引き受けてくれた。遊は予告のとおり、自慢の一品を作ることにした。トマトを薄く切り、その上に牡蠣《かき》の燻製をのせるだけの簡単な料理であるが、濃厚な牡蠣にトマトの酸味とオリーブオイルに漬けた鷹の爪の辛味が効いて、上々の出来であった。

ロビンズは、みんなのもてなしに感謝の気持ちを伝え、この〝ハルミ・ガーデン〟に来て人生の大切な友を得たと、今回の訪問を心から喜んだ。そして、いつの日か、自分の故郷のキングス・ビレッジへも来てほしいと言った。

ロビンズの祖母は、英国に古くから伝わる民話を絵本に描いた人として知られていて、今も、その家を訪れる人が後を絶たないのだそうだ。

ロビンズと歩は、ロビンズが大学を退職し、著書の執筆に専念することになって、やっと父の待つ故郷に帰ることにしたのだった。

生家の前には、今は利用されていない運河があって、ロビンズには子供の頃に友達と小舟を漕いで、ケンブリッジの大学街まで冒険したのが忘れられない思い出だが、その河も今は水鳥たちの休息の場所となって、利用されていないと懐かしそうに語った。

しかし、当時の父親の学校教師の給料では、近くにあるケンブリッジ大学へは行けず、ロンドンの大学へ行くことになったのは、青春時代の苦い思い出だった。

彼の故郷の村外れには広大なブナ林があって、五月にはスズランを少し大きくしたようなイングリッシュ・ブルーベルが辺り一面を覆いつくし、カッコウの鳴き声が響き渡る。その林を通り抜けると、柳の木が何本も生えている大きな川にたどり着く。

ロビンズは今、子供の頃遊んだこの川で鱒釣りをするのが一番の楽しみだったが、遊が英国へ来たときは、ぜひともその川でフライフィッシングを楽しんでほしいと誘った。もちろん、ロビンズは遊に大きな鱒を釣ってもらって、燻製にして食べてもらうつもりだと言うのだった。

ロビンズは、山葡萄でワインを作る方法も学んで帰りたいと言う。遊は喜んで細部にわたって伝授した。

晴美は、二人が長年の友のように楽しそうに話し込んでいるのを眺めながら、歩がいい伴侶を得たのを喜んだ。

ロビンズと歩は、明日は東京で旧知のジャーナリストに会う予定があって、帰らねばならないのが残念だと言い、必ずまたこの〝ハルミ・ガーデン〟に帰ってくることを約束して、夜遅くまで談笑は尽きなかった。

歩と晴美も、共に過ごした日々を手繰り寄せながら、変わらない友情を確かめるのだった。

翌朝、遊と晴美にロビンズと歩の四人は、前日と同じように〝ハルミ・ガーデン〟を散

策した。晴美は歩に、この庭をいつまでも忘れないでほしいと思った。そして、訴えるように、

「春になり、この庭が草花で満ちあふれるようになると、本当に生きる喜びが湧いてくるの。あのカツラの木にも新芽が吹き、可愛いハートの形をした葉をつけ、木の根元からは雪を押しのけて清楚《せいそ》な二輪草が咲くの。シンボルツリーの肝木だって、今は真っ赤に色づいた実をつけているけれど、春には可愛い白い花を花飾りのように円くつけるのよ。今度はぜひ春に来てほしいわ」と歩に語りかけた。

朝食のあとのお茶を楽しみながら、ロビンズは昔を懐かしむように、初めて歩と出会ったときのことを話しだした。

「アユミさんは、大学の新聞部の顧問をしていた助教授の紹介で私を訪ねてきたのですが、彼女はまだ幼い中学生のように見えました。その少女が流暢な英語で、『日本の学生運動をどのように見ていますか』と質問したのです。話してみると、私にもよく分からない学生間の争いや、セクトの違いをよく知っていて驚いたのですが、これは晃介さんの教育のたまものだと後から知りました。

彼女の政治への関心は大変ロマンチックなものでしたが、その熱心さにひかれて時々会うようになってから、私たちは二人とも、映画『アラビアのロレンス』の主演俳優のピー

ター・オトゥールにひかれてアラビア語を学び、ジャーナリストになろうと決めたのを知ってから、急に親しくなったのです。

その頃、ヨルダンの歴史家スレイマン・ムーサが書いた『アラビアが見たアラビアのロレンス』という本が、オックスフォード大学出版局から英語版で出たので、これをアユミさんに渡すと、彼女は夢中になって読みました。映画で観た〝アラブの英雄・ロレンス〟のファンだったアユミさんに、イギリス人の私が〝このアラブの英雄物語は、イギリスに庇護された王家を擁護する論だ〟と厳しく批判したので、それ以来、〝ロレンスは何者だ〟という議論が二人の間では今も続いています。

当時、通信社は報道機関としての売り上げは年ごとに減少していて、金融情報サービスで稼いでいるのが実状でしたから、報道のスタッフは肩身の狭い立場だったのですが、それに追い打ちをかけるように、私が責任者をしている中東情勢の報道や、パレスチナ問題でのイスラエルに対する報道姿勢に対して社内で批判が出ていて、私は居場所がなくなってきたのです。私が大学教授に転出する決心をしたのも、自由にものが言えない内外の環境に対する抵抗からでした」

と、歩との出会いを語り、最後に、

「今もアユミさんと共通のテーマで議論できるのは、私の喜びです」

と言って話を終えた。

別れの時が来た。歩は晴美の手をしっかりと握りながら、

「晴ちゃん、こうして皆に会えてよかった。本当にありがとう。立派になった夢ちゃんや空ちゃんにも会えたし、ご両親にも会うことができた。そして、晃介さんにも会わせてもらって、本当にありがとう」と言うと、二人の両の頬から涙が流れ落ちた。

歩は「晴美さん、兄さんをよろしくね。きっと、また帰ってくるから。それまで元気でね」と何度も言った。

ロビンズも、遊とキングス・ビレッジでフライフィッシングを楽しむ約束を確認しながら別れを惜しんだ。

ロビンズと歩は、晴美、夢、空、勝ちゃん、響子、それに響子の三人の子供たちとフェスに見送られ、遊の運転する車に乗り込むと、みんなの姿が見えなくなるまで手を振り続け〝ハルミ・ガーデン〟に別れを告げた。

東京へ着くと、歩はアブドラとベラの帰国を待ちきれず、一人ニューヨークへ飛んだ。

第二部　碧い地球

一　こちら、ルナ・ブロードキャスティング・ステーション

「こちら、ＬＢＣ、ルナ・ブロードキャスティング・ステーション。国際シチズン・コミューン連合傘下のルナ放送局です。私、空《そら》が、月の『晴れの海』にあるリンネ・ドームシティから日本の皆様に、リアルタイムで肉眼で見える地球の姿と、地球周回ステーション、月周回ステーション、火星周回衛星の三か所の映像を交えてお届けしています。

地球から見る月はいつも同じ面を向けていますが、ここ月からは地球が二十四時間でぐるっと一周するので、居ながらにして二十四時間で世界旅行が楽しめます。日本が見えた四時間後にはインドが見え、八時間後にはヨーロッパとアフリカが、さらに十四時間後には南北アメリカが見えます。

ＬＢＣでは、それぞれの地域に詳しいキャスターが二十四時間、途切れることなく放送をお届けしています。今、私からは見えない地球の裏側の人にも、この月からの映像を見ていただいています。また、私は今、日本語でお話ししていますが、自動翻訳で八十の言語からお選びいただけます」

と、空の弾んだ声がテレビ画面から聞こえてきた。

夢は太陽の昇る前のうっすらと白い月を見ながら、夫の量平と二人で、娘の元気な姿をテレビで確認するのが日課となっていた。

＊＊＊＊＊

月から見る地球は、地球から見る月の四倍の大きさに見えますから、肉眼で日本列島を見渡すことができます。今日、日本列島は台風一過の爽やかな夏晴れですね。でも、また台風が南からやってきていますから気が抜けません。

上空からは、ここ十年以内にできた多くの高原都市「シチズン・コミューン」がよく見えます。シチズン・コミューンは、皆様もよくご存じのように、日本では「市民共同体」と呼ばれていましたが、今ではこの呼び方が世界中で支持されるようになりました。

地球規模の危機的な気候変動は、人間活動起源の温暖化にあるという認識が共有され、この気候変動が、すべての人に平等に襲いかかってくる人類存亡の危機であることを誰もが知るようになって、老いも若きも、富める者も貧しい人も、共に生きる道を求めるようになりました。

こうした考えは、二〇二〇年の新型コロナウイルス危機により急速に世界に広がり、私たちは「地球人です」と自覚しました。そして、「ブエン・ビビール（buen vivir）＝誰もがよく生きる」を合言葉に、ワーカーズ・コープ（労働者協同組合）、生活協同組合、共済組合、農業協同組合、漁業協同組合など、多くの共助組織が地域共生都市を作り、地域政党を作って国から地域の自治権を獲得しました。

「シチズン」は国家、国民に代わる新しい共同体の名称となりました。そして人々は社会にとって有用で、環境負荷の少ない労働を目指すようになりました。

一九九二年、国連は気候変動枠組条約を採択して、地球温暖化は温室効果ガスの影響であることを、明白な科学的事実として世界につきつけました。また、一九九七年に「京都議定書」が採択され、二〇一五年に制定された「パリ協定」では地球の気温上昇が産業革命の始まる以前より二℃を超えると深刻な事態になることを警告しましたが、それから五十年近く経った今、地球の気温は三度上昇し、世界は大きく様変わりしてしまいました。

地球規模の気候変動は集中豪雨、海水面の上昇、大規模旱魃《かんばつ》、熱波、山火事、ハリケーン、スーパータイフーンとなって人々を襲い、食糧不足、水不足、伝染病の蔓延《まんえん》、難民増加、内戦を引き起こし、世界人口は八十億人をピークに減少に転じました。

難民は、サハラ以南のアフリカ、ラテンアメリカ、南アジアでこの二十年間に二億人になろうとしています。悲しいことですが、海面が三十センチ近く上昇し、コレラやデング熱が蔓延しています。どんなに豊かな国でも、貧しい人々が暮らすのは海辺の湿地や沼地など、社会基盤の整備が進んでいないところなので、彼らが真っ先に危機に直面しています。

日本で異常気象が強く認識され始めたのは、二〇一八年七月の西日本豪雨で一二〇万人に避難勧告が出されたときからでしょうか。今、日本列島を見渡すと、ご覧のように海岸線は大きく内陸へ後退し、低地の平野はそのほとんどが海中に没してしまっています。かつて繁栄した九州の福岡、近畿の大阪、中部の名古屋、そして首都の東京は見る影もなくなり、周辺の台地にかつての繁栄の名残を留めるのみです。

人々は安全で水が確保でき、温暖で食料が生産できる地を求めて移動しました。そして、その地に誰もがよりよく生きる都市「シチズン・コミューン」の建設を始めました。

列島は七十パーセントが山で、複雑に断層が走り、地震や山崩れに悩まされ、河川により山地から運ばれた土砂による肥沃な扇状地平野は、豊かな暮らしと背中合わせに自然災害をもたらしました。その平野を捨てて高地都市が各地に生まれ、五万から一〇〇万までの人口を擁する「シチズン・コミューン」が一〇〇〇か所以上も新しく生まれています。

世界に目を向けると、ニューヨークのマンハッタン、マイアミ、ダッカ、ジャカルタ、上海、香港など、一〇〇以上の都市が水に浸かり、一〇〇〇年以上の歴史を持つベネチアは、すでに海底遺物になってしまい、かつての繁栄の面影はありません。ニューヨークは中東のバーレーンと同じ気温になり、毎年二〇〇万人が訪れたメッカも、今はほとんど巡礼する人がいません。

しかし、これからお届けする日本列島の夜景をご覧ください。昔から栄えた奈良や京都盆地とともに、近江盆地や甲府、松本、長野の盆地、富士朝霧高原、武蔵野台地に下総台地、それに尾瀬ヶ原や苗場湿原、石狩平野などが、ひときわ大きなサークルを描いて、眩しく輝いて見えます。そのほかにも星屑のように小さな都市が、キラキラと無数に輝いていますね。

日本の首都は北海道の石狩に移り、宇宙へ飛び立つスペース基地も、海外へ行くエアターミナルも北海道へ移りました。私、空がLBCに来て早くも五年の月日が過ぎましたが、力強く輝くそれらの都市を確認するたびに、人々のたくましい前進に勇気と希望が湧いてきます。

特に、列島の中心に位置する「白鶴シチズン・コミューン」の小さな明かりを見つけると、心が躍ります。そこには私の生まれた〝ハルミ・ガーデン〟があるからです。そして、あんなに月から地球を眺めてみたいと言っていた母が、今も私の帰りを待ってくれているからです。

さて、今日は二〇四五年七月二十日です。一九六九年、今から七十六年前の今日、人類初の有人軟着陸機、アポロ11号が「静かの海」に着陸しました。月面に降り立ったアームストロング船長の「これは一人の人間にとっては小さな一歩だが、人類にとっては大きな飛躍だ」という第一声は、今も私たちの心を震わせます。

ここ、「リンネ・ドームシティ」の「ムーン・フロンティア記念館」では、毎年七月二十日の夜に盛大な記念パーティーが開かれます。それに、今夜は私のパートナーのクリシュナーが火星から帰ってきます。私は今からワクワクしています。クリシュナーと火星の話は、また後日お伝えします。

それでは、月周回ステーションから「地球の出」の映像と、地球周回ステーションからの地球の夜景をお送りして、ＬＢＣからお別れします。そろそろ中国大陸が眼下に近づいてきました。次のキャスターは余華《ユイホア》さんです。引き続き宇宙放送をお楽しみください。

＊＊＊＊＊

二　リンネ・ドームシティ

空は、六か月ぶりに火星から帰ってくるクリシュナーを、ルナ・ポートターミナルへ迎えに行った。クリシュナーは、国際太陽地球環境予測機構の研究員で、火星に建設中の宇宙観測所に〝リンネ・ドームシティ〟にある「宇宙気象予報センター」から出向いていたのである。

彼の搭乗した十人乗りの宇宙船カプセルは、火星の宇宙ステーションまで化学ロケットで運ばれ、ここでカプセルは熱核推進ロケット（原子力ロケット）に接続されて、二か月かけて月の宇宙ステーションに帰還し、ここでもう一度化学ロケットに接続し直して、このルナ・ポートターミナルに降り立ったのである。

地球や月や火星などの重力に逆らって、重いものを宇宙へ運び上げたり、ソフトランディングするには、推力のある化学ロケットが必要である。また、火星へ行くには、比推力（ある量の推進剤を使って、ある大きさの推進力を何秒間出し続けられるかを示す目安）が化学ロケットの二倍以上ある熱核推進ロケット（原子力ロケット）が必要なのだ。

カプセル内はウォーターウォールで覆われていて、宇宙放射線被曝から乗組員を守るだけではなく、クルーが宇宙服を脱いで安全に火星まで飛行できる酸素の再生、二酸化炭素の除去、発電、清浄な水の製造、排泄物と生活排水の処理、温度と湿度の管理、気圧の調整、栄養補助食の生産など、生命維持に必要な機能を備えている。

いま研究されている核融合ロケットが実用化されれば、火星への往復は今までの半分に短縮されて六十日くらいになり、人の受ける宇宙放射線被曝は大きく軽減され、火星の宇宙観測基地はさらに安全に建設ができるようになる。

宇宙船にはクルーのためのカプセルのほかに、火星の氷を詰めた貨物カプセルが連結されていて、「リンネ・ドーム」内の貯蔵所に運ばれる。月にも水はあるが、あまり多くはなく、鉱物の結晶内に閉じ込められているので、これを取り出すのに手間とコストがかかりすぎ、月で多くの人が安心して生きていくには火星の氷は不可欠であり、今はこの氷から飲料水と酸素と水素を取り出している。

ポートターミナルから〝リンネ・ドームシティ〟までは地下道でつながっていて、クルーは宇宙カプセルに乗ったままドームシティの健康管理センターに移されて、厳重な健康チェックを受けたのちに初めて解放され、出迎えの人々と抱擁することができる。

それにしても、空の学生時代はまだ化学ロケットしかなく、火星への往復に一年かかり、探査機を送り込むことしかできなかったことを思うと隔世の感がする。

クリシュナーは健康管理センターで待っている空のもとへ、若者らしく元気はつらつとした足取りで近づくと、長いキッスを交わした。ドーム地下の「歴史記念館」でのパーティーの始まる時間が迫っていたので、空は彼に着替えの黒いパンツと白いドレスシャツにシルバーの蝶ネクタイ、赤いスニーカを渡した。空は鮮やかなバラの花柄のワンピースにおそろいの赤いスニーカーで、今夜は思いっきり踊りたいと胸を躍らせていた。

〝リンネ・ドームシティ〟は、「晴れの海」にある小さなクレーター「リンネ」に、すっぽりと天蓋をかぶせるように作られた居住基地である。この場所が選ばれたのは、ここが極域クレーターの永久影（一年中太陽光が差さない場所）に近く、氷の確保ができ、さらにクレーターの縁の頂上域には太陽が年中当たっていて、太陽光発電に最適な場所だったからである。この氷を電気分解して、生命維持に必要な酸素や、ロケット燃料や燃料電池に必要な水素が得られる。

また、近くに直径九十五メートル、深さ八十メートルの溶岩チューブの洞窟が発見されて、過酷な環境から人を守るのに最適な場所でもあった。表層レゴリス（表土）により放射線は遮蔽され、昼の十四時間は一二〇度で、夜の十四時間はマイナス一七〇度という極寒極暑から生命を守るのにも適していたのだ。

「リンネ」は直径が二・五四二キロメートル、深さ六〇〇メートルのクレーターで、人が居住する最初の基地として手頃な大きさであった。ドームを支える高さ六〇〇メートルの鉄柱は、月の岩石から鉄やチタンを取り出して作ることができ、また、クレーター全体を覆う天蓋は、断熱性と放射線遮断性に優れた月のレゴリスを使用することができた。これらの生命維持に必須の物質を作る工場として、溶岩チューブの洞窟は今も働き続けている。

空とクリシュナーが、ドームにある居住区の一角に設けられた文化ホール「ムーン・フロンティア記念館」に駆けつけると、すでにシティ住民が次々と集まってきていた。

記念館のエントランスホールには、人類史上初めて地球外の天体（月）に到達した宇宙飛行士、ニール・アームストロング船長、マイケル・コリンズ司令船パイロット、エドウィン・オルドリン月面着陸船パイロットの三人の誇らしげな写真が大きく掲げられている。

写真の横には、月着陸船イーグルの模型が展示されている。その横に、アームストロング船長が月面に印したファースト・ステップの写真が飾られ、「これは一人の人間にとっては小さな一歩だが、人類にとっては偉大な飛躍である」というアームストロング船長のメッセージが添えられている。

次の小部屋には、月から見る「地球の出」の絵画が飾られていて、絵画の下には〝石沢夢作『碧い地球シリーズNo.50・地球の出』〟と書かれていた。これは二〇一六年に空の生まれ故郷・白鶴の〝ハルミ・ガーデン〟で発表された作品で、母の夢が三十三歳のときのものである。その時、空はまだ六歳であったが、母が絵の前で、

「宇宙に人間が地球とともに飛んでいるんだと感じられるようになれば、人々の人間観は大きく変わると思います」と夢いっぱいに話していたのを覚えている。

母は、一九六八年に打ち上げられた月周回軌道衛星アポロ8号が月への途上、遠ざかりつつある地球を振り返って撮影した史上初の地球全球写真を、大学の図書館で初めて目にして強い衝撃を受け、のちに画家になる決心をしたのだった。空はこの絵の前に立つと、若かった頃の母の情熱をひしひしと感じることができ、励まされるのだった。

次の展示室に入ると、写真パネルでリンネ・ドームシティ建設の歴史が示されていた。ドーム建設のための最初の基地である溶岩ドームの断面図があり、続いてドームの完成手順が解説されている。

クレーター「リンネ」の側壁に沿って何本もの鉄塔が建てられ、クレーターの中にも鉄塔が林立し、巨大なビルが建設されていく。天蓋が作られ、最下層の居住空間まで六層の空間が作られて隕石衝突の被害を最小にし、放射線の被曝を防ぐ工夫がされており、最下層に人が安全に住める居住空間が建てられている。月は重力が地球の六分の一なので、重量構造物の建設は比較的に容易であった。

この居住空間はモジュール方式で作られていて、必要に応じて拡張していく。現在はここに八〇〇人が居住しているが、一万人まで住めるスペースと機能が備わっている。

人が増えれば、それに合わせて居住スペースのほかに、環境管理センター、中央集会所、文化ホール、研究所、病院、ショッピングモール、水・酸素生産プラント、農園、食糧貯蔵所、厨房、人工重力運動場などの機能が拡張されることが説明されている。

これらのパネルの横には、ドームの全体像が分かる建築模型が置かれていた。それは、空が子どもの頃、〝ハルミ・ガーデン〟の外れにぽつんと建っていた祖父・石沢遊の思索のための小屋で見た模型とよく似ていた。

この建築模型は、建築家の祖父が興した「環境計画研究所」が、祖父のアイデアを基にして、月の居住基地の国際デザインコンペに入賞してできたものだった。空は、この「ムーン・フロンティア記念館」に来るたびに、自分がここに立っている必然性、あるいは運命のようなものを感じるのだった。

空とクリシュナーがホールに入ると、〝リンネ・ドームシティ〟の議長がパーティー開催の挨拶を始めるところだった。

この〝リンネ・ドームシティ〟は、「国連（UN）」、「国際都市連合（ITU）」、「宇宙開発企業連合」など、多くの組織の支援の下に運営されている。空の勤めているLBC宇宙放送局も、クリシュナーの所属する「宇宙気象予報センター」も、「国際都市連合（ITU）」傘下の組織である。

第二次世界大戦以降一〇〇年が過ぎ、「国連（UN）」は地球温暖化や地球規模の災害に対処できなくなり、「国際都市連合（ITU）」の中に「国際緊急災害救助機構」ができて、各国から救助隊が派遣され、国家を離れた新しい救助組織が活動を始めると、国連（UN）

の存在感は薄れてきた。

また、「国連」を支える「国家」の存在も、新しくできたシチズン・コミューンに多くの権限が委譲され、その存在感は薄れている。しかし、まだ第二次世界大戦戦勝国の立場に固執する国や、都市化の遅れた国々は、この「国連」という組織を必要としている。

「リンネ・ドームシティ」の議長イーガル・アロンは「宇宙開発企業連合」に所属する人物だが、包容力のある人柄で議長に選ばれていた。アロン議長はホールの演壇に立つと、声を弾ませて「ムーン・フロンティア記念パーティー」開催を宣言し、例の長口上の挨拶が始まった。


「七十六年前の今日、一九六九年七月二十日、アポロ11号のニール・アームストロング船長とマイケル・コリンズ司令船パイロットが、この地に降り立ちました。

アームストロング船長の、『これは一人の人間にとっては小さな一歩だが、人類にとっては偉大な飛躍である』という言葉とともに、今この記念館の入り口に貼りつけられている『アポロ11号月面着陸記念プレート』に刻まれた『惑星・地球からの人間、ここに、最初の足跡を印す　西暦一九六九年・七月　全人類のため、平和を抱きつつ来たり』の言葉は、今も熱く私たちの胸を打ちます。

この〝リンネ・ドームシティ〟も、あと数年もすれば一万人が住む都市になります。いま私たちは、やっと火星にも人が住める環境、『第二の地球』建設の足掛かりとなる基地を確立しました。

私たちは、この宇宙を一〇〇〇年以上もかけて改造するという大言壮語をしているのではありません。今から五十年以内、今世紀中に火星の環境を修復し、人口三万人の住人が居住するコロニーを建設する足掛かりを得たのです。

私たちは、神に代わってこの宇宙を作り変えようというのではありません。かつて火星は居住可能な世界だったのです。火星地表には水が流れ、この水を保持できるだけの大気も存在したのです。皆様もよくご存じのように、火星は一日が二十四時間三十七分二十三秒という、人間にとって極めて好都合な自転周期を持っています。火星には生命を支えるために必要なすべての元素があります。

ただ懸念されるのは、火星の重力が地球の三十八パーセントしかなく、平均気温は赤道周辺地域の夏でもマイナス六十度の極寒で、大気も非常に薄く、地球の一〇〇分の一以下だということです。

しかし、我々はこれらの厳しい環境を克服する技術を、この〝リンネ・ドームシティ〟で習得してきました。今から五十年以内に火星の大気を最大十七度まで暖め、大気圧を呼吸可能な二四〇ミリバールまで高め、地表に潤沢な水を確保することができます。

もちろん火星全体をテラフォーミング（地球以外の天体の環境を地球のように作り替え

ること）することはできません。この〝リンネ・ドームシティ〟と同じように天蓋を張り、ハビタブル（持続的に居住可能）な環境を作って、三万人が居住できるコロニーを建設するプランが進められています。天蓋は伸縮自在の支柱で支えられて、上空三〇〇〇メートルの高さにあり、人々は宇宙服を着用することなく大空を仰ぎ見ることができます。

そして、火星への移動に核融合ロケットが使える日が、もう目の前に近づいています。これが実現すると、熱核推進ロケットの半分の六十日で火星へ往復できるのです。これによって宇宙放射線被曝をもっと少なくでき、人類は今よりずっと安全に宇宙へ飛び立つことができるようになります。

私は、〝リンネ・ドームシティ〟をさらに繁栄させ、火星コロニーを成功させることが、過酷な気候変動に苦しむ地球を救う道だと確信しています。

最後になりましたが、今日火星から帰還した『国際太陽地球環境予測機構』の若き科学者、クリシュナー君に、火星基地の現状を話してもらいましょう」

シャンパングラスを片手に、アロン議長の威勢のいい長話に少しうんざりしていたクリシュナーは、突然自分の名前を呼ばれたのに驚いたが、空に促されて壇上に進んだ。

「私は今日、ただ今、火星のコロニー開発基地から帰ってきました。火星基地ではこの『リンネ・ドームシティ』の工場で組み立てられたユニットカプセルを連結させて、二メートルの地中に埋めています。

今回『宇宙気象観測カプセル』を連結することによって、基地に必要な機能がすべてそろい、基地は完成しました。中央環境管制室、水・酸素生産室、食品貯蔵室、野菜栽培室、厨房、中央ホール、住居、探査・運搬倉庫がそろい、これで十人のクルーが六か月居住することができます。

しかし、火星は極度に乾燥して冷え切った砂漠で、時として『モンスター・ダスト・デビル』と呼ばれる時速九十キロメートルを超える砂嵐が発生し、火星を覆い尽くすことがあります。火星には二酸化炭素の大気が存在しますが、それは非常に薄く、地表の気圧は地球の地上の一〇〇分の一です。それゆえ、人間は致命的な太陽紫外線に立ち向かわなければなりません。さらに、表面重力は地球の三分の一ですから、人は筋力の低下と心肺能力の低下に打ち勝たなくてはなりません。

それ以上に、クルーは精神的な重圧に苛まれます。使命感と孤独。赤茶色の砂漠の向こうには、同じ色をした高さ二万メートルを超える山が聳えるだけで、青空も緑の山並みも見えません。

私が二か月の滞在でその息苦しさに耐えることができたのは、このドームシティの皆さんの支援と、地球の仲間たちの熱い期待があるからでした。それでも、早くこのドームシティに帰りたいと思いました。

宇宙では、太陽系外からやってくる超新星などを起源とする銀河宇宙線と、太陽から出る太陽放射線がありますが、特に太陽の表面ではしばしば途方もなく巨大なエネルギーの放出『ソーラーフレア』が起こり、宇宙で活動する人間に宇宙線被曝を引き起こします。宇宙線は、私たち宇宙にいる者にとっては生命にかかわる重大な問題です。

この宇宙線から私たちの身を守るためにも、また地球と月と火星の通信を確保し、宇宙船や地球の航空機の安全な運航を守るためにも、火星の『宇宙気象観測所』はどうしても必要です。太陽と惑星の活動を詳しく観測することによって、地球環境の仕組みも分かってきます。

私は地球人として、地球と生命の尊さを強く感じ、地球環境を守る使命を再認識したことをご報告して、話を終わらせていただきます」

クリシュナーが壇上を去ろうとすると、万雷の拍手が沸き起こった。アロン議長が再び壇上に上がり、

「人類の知的好奇心がなくならない限り、私たちは宇宙を目指します。その第一歩を印した記念すべき今日という日を、大いに楽しみましょう」

と言うと、パーティー開催のファンファーレが鳴り響いた。

続いてシティの音楽愛好家グループにより、いま流行のジタバ（日本ではジルバ）やフォックス・トロット、スイング、ジャイブ、ジャンプなどが演奏され、人々は思い思いにパートナーと組んで踊り始めた。しかし、これらの音楽が一〇〇年も前に、アメリカ兵によって世界に広められたことを知る者はいなかった。

空は踊り疲れた体を休めながら、クリシュナーに、

「あなたが、アロン議長の威勢のいい演説をぶち壊さないかとハラハラしてたのよ」

と耳元でささやいた。クリシュナーは、

「彼は生粋のテラフォーミニスト（惑星地球化信奉者）だから、火星を宇宙旅行の発進基地にする夢を思い描いているんだ。そのうち、火星にリゾートマンションを建てて売り出そうと言うんじゃないか」と笑いながら答えた。

パーティーも終わりに近づくと、演奏もスローなリズムに変わり、二人は頬を寄せ合って今日という日の終わりを惜しんだ。

みんなが三々五々住まいに帰ると、空とクリシュナーは屋上階の展望ドームに行って地球の夕暮れを眺めた。しばらくすると、眼下に眩しくニューヨークが見えてきた。もうマンハッタン島は水に浸かり、かつての輝きは消えてしまったが、それでもまだニューヨークは世界有数の大都市である。

ロボットのボーイが運んでくれたワインを飲みながら、クリシュナーは、

「もう僕の生まれた町は、かつてのベネチアのようになってしまったけれど、二人が学んだ大学はまだ大丈夫だね」と、ぽつりとつぶやいた。

二人が学んだ大学は、科学者として初めて「地球外知的生命体」を論じ、テラフォーミングを科学的に考察したカール・セーガン教授がいたところで、クリシュナーはここで宇宙気象学を学び、空は日本で宇宙物理学を学んでからこの大学でテラフォーミングを学んだ。

二人が初めて知り合ったのは日本の白鶴。そう、空の生まれ故郷〝ハルミ・ガーデン〟で、だった。クリシュナーは母・ベラの勧めで、大学入学までの自由な時間を日本で過ごすことにしたのだった。クリシュナーは十八歳、空は二十四歳で、大学を卒業して新聞社に勤めて間もない科学ジャーナリストの卵であった。

その時、〝ハルミ・ガーデン〟では母親の夢の子供の頃から続いている「流れ星を数える会」が行われていて、二人も庭の芝草の上に寝転がり、子供たちの歓声を遠くに聞きながら、月へ行く夢を語り合い意気投合して、いつの間にか二人は魅《ひ》かれあったのだった。あとでクリシュナーの母・ベラと、父・アブドラの出会いもこの〝ハルミ・ガーデン〟だったことを知り、二人は運命的なものを感じるのだった。

翌日は二人とも休日だったので、昼近くまでぐっすりと眠った。空はパンとサラダと豆乳という軽い食事の準備を終え、クリシュナーをベッドから起こそうと思ったとき、ふと大変な失敗に気が付いた。昨夜は久しぶりのセックスに酔いしれて避妊を忘れたのだった。

夕刻になって、空はたっぷりと時間をかけて食事を済ませると、まどろみながらおもむろにクリシュナーに話しかけた。

「昨夜、ピルを飲むのを忘れてしまったの。私、妊娠したかもしれない」

と言うと、ソファに寝そべっていたクリシュナーは驚いて起き上がり、

「空さん、ここで産むって言うの？　それは素晴らしい。そうすれば人類最初のムーンベイビーの誕生だね」と手放しで喜んだ。

空もクリシュナーの喜びようが心からうれしかったが、彼女には深い悩みがあった。彼女はもうすぐ三十六歳になる。健康な子供を地球で産みたい。それも、母・夢の待つ生まれ故郷の〝ハルミ・ガーデン〟で、みんなに祝福されて産みたいと思っていた。

空が何か思い悩んでいるのを察知したクリシュナーが、

「空さん、何か問題でもあるの」と顔を覗き込んだ。空は意を決して話した。

「もし子供を授かっていたとしたら、その子に及ぼす銀河宇宙放射線や太陽放射線の影響が心配なの。それに、私はもう五年このドームシティに滞在しているの。これ以上無重力に順応すると、地球に帰還したとき対応できるかしら。私は今まで一日も欠かさず重力室に通い、筋力の低下を少なくし、骨粗鬆症《こつそしょう》にならないように努めてきたけれど、本当に丈夫な子供を産めるか心配なの」

無重力状態が人体に与える影響や、放射線の影響を熟知しているはずのクリシュナーが、「心配なら、空さんも僕もまだ若いんだから、地球へ帰ってから子供を作ればいいじゃないか」と言うのを聞いて、空は、

「どんな小さな命でも、授かった命は大切に育てなければならないわ。それができないのなら、私は地球の平和や繁栄をここで語る資格はないと思うの」と思わず叫んだ。

三　碧い地球へ

空は五年ぶりに、年に一回飛んでいる宇宙定期便で、北海道の「石狩スペース基地」に降り立った。国内便と変わらない滑らかなランディングで、広々とした緑の大地に吸い込まれるようだった。

宇宙へ飛び立つスペース基地には、磁気浮上式宇宙船発射台が四十五度の発射角度で高く空に伸びていた。海外へ行くエアターミナルにも国際線発射台が空高く伸びている。今ではこの新しい技術によって、多くの人をより速く月や海外の都市に運ぶことができるようになった。

空は、父の森量平が、長く航空工学研究所でリニアモーターカーとロケットのハイブリッド技術の開発に携わってきたことを思い出して、誇らしく思うのだった。

国内便の空港へ行くシャトルバスに乗り込もうとしたとき、涼しい秋の風を首筋に感じ、天を仰ぐと、どこまでも青い空が広がっていて、月から眺めた碧い地球に今、自分が降り立っているんだと実感することができた。

北海道の石狩平野には、日本国の国会があり、世界都市連合の本部がある。空は、都市連合の宇宙放送部を訪ね、地球帰還の報告を済ませると、健康診断を受けて一年の休暇を取り、家路を急いだ。

水素ジェットバスで「富士国際ターミナル」へ行き、そこでドローンバスに乗り換えて「白鶴シチズン・ターミナル」に到着すると、そこには〝ハルミ・ガーデン〟にある「ペンション・響」の長女で、幼馴染みの山路香《かおり》が迎えに来てくれていた。彼女はシチズンの広報課に勤めているはずである。

早速、地域回遊の自動運転カーに乗って〝ハルミ・ガーデン〟に着くと、シンボルツリーの肝木が赤い実をたわわにつけ、レンガ色の屋根の〝タペストリーの館〟と「ペンション・響」、そして両親の量平と夢が住む家が見えた。

紅葉色に染まった草原《くさはら》の奥には、クリシュナーの母、ベラがいたアトリエも見えた。五年前と少しも変わらない懐かしい佇まいであった。

「ペンション・響」に足を踏み入れると、リビングから美味しそうなバターの香りがして、お茶の時刻を告げていた。そこには、量平と夢に、ペンションのオーナーの香の両親・勝一と響子、妹の咲《さき》と清《きよ》の六人が待っていて、大きな拍手で空を迎えた。

それから昔、勝一が作った大きなテーブルを囲んで、響子の得意のレモン・パイをカリンエキスのホットティーで食べながら、お互いの無事を確認した。

父の量平は、航空工学研究所から大学に転じ、後進の指導に当たっており、母は、今では絵を描くことも少なくなって、祖母の晴美がそうしていたように〝ハルミ・ガーデン〟の手入れに精を出していた。「ペンション・響」は、香の妹の咲が手伝っていて、相変わらず盛況だという。

頭に白いものが目立ってきた父が、

「空が元気そうなので安心したよ。〝リンネ・ドームシティ〟の生活はどうだった？」

と尋ねた。

「ドームシティの展望フロアから見える地球は本当に素晴らしいわ。一時間余りで日本列島が全部見えるのよ。二十四時間でぐるりと地球を一周できるの。二十倍くらいの望遠鏡で一瞬だけど、この『白鶴シチズン・コミューン』も見えるわ。残念ながら、この〝ハルミ・ガーデン〟は見つけられなかったの」と言うと、母は、

「私も月から地球を眺めてみたかったわ」と残念がった。

「でも『ムーン・フロンティア記念館』には、お母さんの『碧い地球シリーズ№50・地球の出』が飾られているのよ。絵画の下には、『石沢夢作』とネームプレートが貼り付けてあるの。その絵を初めて見たのは、私がまだ六歳の時だと思うけど、お母さんが絵の前で、『私は地球の営みを人工衛星から実況放送をしているつもりで描いているの。みんなこの地球とともに宇宙を飛んでいるんだと感じられるようになれば、かけがえのない地球をもっと大切にしようと思うのじゃないかしら』と話していたのを覚えているの。お母さんの

絵を見ながら、この言葉を思い出すと勇気が湧いてきたわ」

と言うと、母は自分の若い頃を思い出して感慨にふけるのだった。

「そうそう、記念館には、お祖父様《じいさま》の『瞑想室』で見たのとそっくりの建築模型が展示されているのよ。ネームプレートには『環境計画研究所・日本』と書かれていたわ」と言うと、香が、

「その模型の原型が、今も『瞑想室』にあるわ。その部屋は今、私が書斎に使わせてもらっているの。あとで行きましょう」と言った。量平は、

「遊さんの制作した建築作品もすごいけれど、それ以上に偉いところは『環境計画研究所』を残したことだと思う。今『環境計画研究所』は、高原都市『シチズン・コミューン』を設計した研究所として、日本だけじゃなく世界中にその存在を知られている。モジュールを広げて共同住宅や街を作ってゆく設計思想は、時代を先取りしていたんだね」と懐かしそうに話した。

皆から愛された祖父の遊も、彼を支えてこの〝ハルミ・ガーデン〟を開拓した祖母の晴美も、もういない。遊が亡くなったのは三年前で、九十六歳。晴美はその二年前で、九十一歳だった。

空は二人の死を〝リンネ・ドームシティ〟で聞いたのだが、今もみんなが「遊さん」「晴美さん」と話すのを聞くと、祖父母の死が実感できず、みんなの輪の中から「空ちゃん」

と呼ぶ声が聞こえてくるように思えるのだった。

祖母は、いつものように庭の手入れをしていて、お茶の時間になっても帰ってこないので母が探しに行くと、カツラの木の下の二輪草のそばにうずくまって息絶えていたという。祖父はそれから二年後、「瞑想室」のロッキングチェアで眠るようにして亡くなっていたのを、香さんが見つけてくれたのだった。

一番歳下の清が、

「空さん、体の方は大丈夫ですか。低重力のところに長くいると筋力や心肺機能が低下し、骨粗鬆症になりやすいので、私の勤めている白鶴市民病院のドックに入って、もう一度調べた方がいいと思います」と、医者らしく心配してくれた。

空は、お茶のひとときをみんなと過ごすと、一人で〝ハルミ・ガーデン〟を隈なく散策した。夏の夜、この草原に寝転がって星空を見た子供の頃や、クリシュナーと初めて出会い、月へ行く夢を語りあった十一年前が昨日のことのように思い出された。

広い庭を隅々まで歩き、カラマツと春楡の林を通り抜けると、再び開けた庭に出た。そこには空もよく知っている樹齢二〇〇年近くにもなるという大木のカツラの木が、青空に向かってすっくりと立っていて、その木の下に墓碑が二つ並んで立っていた。

空が落ち葉を手で払うと、「石沢晴美（1949～2040）ここに眠る」「石沢遊（1946～

2042）ここに眠る」と記されていた。

空が木道を通って帰ってくると、祖母と祖父の住んでいた〝タペストリーの館〟の前に、《晴美・夢・ベラ・記念美術館》というプレートが立てかけてあった。

ドアをそっと押して中に入ると、空が子供の時からよく見ていた祖母のパッチワークのタペストリー『鏡湖』と『カツラの華紅葉』が、大きな壁面いっぱいに掛かっていた。『鏡湖』は湖面に夕日が沈む一瞬を描いた静かな作品で、『カツラの華紅葉』は色鮮やかなカツラの葉が画面いっぱいに乱舞する華やかな作品である。

タペストリーの横には、刺繍作品『草花のミニフレーム』がいくつも掛けてあって、その下のテーブルには著書の『檸檬のある暮らし』と、『ハルミガーデン・ハーブのある暮らし』が置かれていた。

次の壁面には、母・夢の『碧い地球シリーズ№1・雲間の惑星』と、『碧い地球シリーズ№2・二つの地球』が掛けてあった。母の絵はすべて『碧い地球シリーズ』で制作順にナンバーが付けてあり、この二つの作品が最初の二点であることが分かる。

その作品には水彩画とは思えない力強さがあり、『二つの地球』は、生命をなくした惑星と輝く私たちの地球を表し、暗示的であった。作品の前のテーブルの上には、『碧い地球シリーズ』の英文の作品集が置いてあった。

次の壁面には、クリシュナーの母・ベラ・アシュケナジーの作品『私のマンハッタン』

と『私のロンドン』が掛けられていた。

彼女の作品は、天空から見下ろした大都会を細密に線描きされた上に鮮やかに彩色されており、市民の日常生活が生き生きと描かれている。彼女は消えゆく都市と生まれ変わりつつある世界中の高原都市を精力的に描いていて、今、ニューヨークで最も注目されている画家の一人である。


「ペンション・響」に戻ると、夕食の準備がされていた。オーナーの勝ちゃんが、

「空ちゃん、岩魚の刺し身を用意したよ。月では新鮮な魚は食べられなかっただろう」

と言いながら、今日のために久しぶりに白鶴山の渓谷の「正吉ヶ淵」へ行ってきたと楽しそうに話しだした。勝ちゃんは遊にフライフィッシングを教えた釣りの師匠で、昔はよく二人で「正吉ヶ淵」へ行っていたのを思い出したのだった。

勝ちゃんは皆に促されて、かつて遊がしていたのとそっくりに、

「空さんに乾杯。〝ハルミ・ガーデン〟の葡萄酒に乾杯！」

と発声して歓迎の夕食が始まった。

料理は自家菜園で採れたサラダにカボチャのスープ、岩魚のカルパッチョ、鹿肉のステーキであった。最後に、咲が焼きたてのリンゴのタルトを出してくれた。子供の頃から食べていた懐かしい味だった。咲は、

「私は、母から薪のオーブンで焼くケーキの作り方をいろいろ教えてもらっているのですが、今年も紅玉が見事に実りました。明日、果樹園を見てください」と控えめに言った。

響子は、

「菜園と果樹園は私の担当で、市場にも出荷しているのよ。ここは海抜が一〇〇〇メートルもある高地だから、温暖化の影響はあまり受けていないけれど、柿もリンゴも、主な産地は北海道に移ってしまったわ」と、ため息を漏らした。


食後にくつろいでお茶を飲みながら、夢が、

「空ちゃん、クリシュナーさんはいつ帰ってくるの？　ニューヨークのベラさんも、いつ孫の顔を見ることができるかと気をもんでいたわ」と遠回しに聞いた。

空は、

「クリシュナーは代わりの人が来て、仕事の引き継ぎが終わったらすぐ帰還するわ。私も子供が欲しいの。そして、この〝ハルミ・ガーデン〟で育てたいの」

と、たまっていた胸の内を母に話した。母はうれしそうにうなずいた。

みんなの話がいっとき途切れると、一人好きなお酒を飲んでいた勝ちゃんが、

「空ちゃん、香が今度の市民選挙で、市会議員に立候補するかどうか迷っているらしいんだ。話し相手になってやってよ。俺にはよく分からないんだ」と、ぽつりと言った。

香は市の公務員だと思っていた空は、戸惑って彼女をまじまじと見た。

香は、少しはにかみながら、

「空さん、その話は、またの機会に聞いてもらうわ」

と言って、みんな部屋に戻って休んだ。

空は、昔と少しも変わらないみんなの様子に安堵して、久しぶりに深い眠りについた。

四　改革か、革命か、それとも

医師の清に促されて、再度、健康診断を受けた空は、筋力と心肺機能の衰えを指摘され、白鶴湖と鏡湖を木道で周回する湖面周遊道を毎日のように散策した。

この周遊道は、遊が「建築される当てもない空想建築」として建築雑誌にそのアイデアを発表していたものだが、今になって日本の各地に造られているのだった。

一周が四十二・一九五キロメートルで、マラソンのコースとしても使える計画だったが、今はマラソンの練習に使えるのは早朝の二時間だけで、あとは市民の憩いの散歩道として使われていた。

湖面にはボート遊びや釣りを楽しむ人が見え、周遊道に沿ってリゾートホテルやペンションが何軒も建ち並び、宿泊や休息の場を提供していた。湖に面したホテルのホールでは午後の演奏会を催しているところもあって、空はいつもそこで懐かしいクラシック音楽を聴きながらお茶を飲み、体を休めた。

休日の爽やかな午後、空は香と周遊道を散歩した。

「空さん、岸辺にカリンがたわわに生っているでしょう。今、街へ行けば街路樹の檸檬の木に黄色い実がいっぱい生ってるわ。シチズンではこれらの果物を、誰でも欲しいだけ採っていいの。ここで釣りを楽しんでいる人も、釣った鱒は欲しいだけ持って帰れるの。たくさん釣れたら湖に返すのがルールだけどね。

釣りが好きだった遊さんは、『もう深い谷に入ってヤマメを釣ることはできないけれど、ここで鱒を釣るのも楽しいものだ』と言って、亡くなる少し前までよくここへ釣りに来ていたわ。いつも一匹だけ持って帰ってくるの」

「遊さんに私も釣りを教えてもらっておけばよかった。残念だわ」

「遊さんが湖に落ちないか心配だから見ててほしいって母が言うので、私はよく釣りのお供をしたの。釣りは私が空さんに教えるわ」

「ここで釣りを楽しむにもお金はいるのでしょう？」

「ボートの借り賃をポイントで支払うの。ここのホテルのお茶とケーキの代金をポイントで払うのと同じ。『白鶴シチズン・コミューン』では、市民なら誰でも月に十万ポイントの地域通貨を使うことができるの。これは夢さんから聞いているでしょう？」

「市民が自分のためだけに使える地域通貨で、ほかの人に貸したり、翌年に持ち越したりできないのよね」

「そう、貨幣と違って貯蓄できないの。シチズンでは市民がこのポイントをどのように使うかを知り、人の必要とするものを必要なだけ生産するためにＡＩ（人工知能）を活用するの」

「香さん、私のいない五年の間に、ずいぶんシチズンも変わったわね。でも、今のお話だと、すべてＡＩに頼ってしまうことになるんじゃない？　ＡＩ独裁ってことにならないかしら」

「空さん、そうならないために、情報の正確な公開と、市民に高度な判断力が求められるの。人権と自由を一番大切にして、人がより良く生きられる共生社会を作ろうとする価値観の共有が大切だわ。人が必要とする物やサービスを必要なだけ提供し、過剰な生産や労働をする必要のない社会を作ろうとしているの」

「働く人々が、ただ労働力を売るのではなく経営に参加して、調和の取れた共生社会の在り方に積極的に働きかける仕組みを作るには、働くと同時に自由に自分の意見を言える積極的な意思が必要ね。自主管理は高度な民主主義社会でなければできないわね」

「人工知能の活用のほかに、新型ウイルスや世界的な気候の変動には高度な科学知識が求められ、一般の市民には理解できないことが多くなってきているから、こうした専門家の社会参加の在り方が、民主主義の在り方とともにますます重要な問題になっているの」

「その調整役が『シチズン・コミューン』の代議員ね。そこで、香さんが議員に立候補しようと考えているのね」

「ここ白鶴では、議員になってほしい人を個人や団体が推薦して、推薦された人が推薦受諾声明を出して初めて被選挙人が決まるの。その後、市民の直接選挙で代議員が決まるのよ。なりたい人より、なってほしい人を選出するの。私は、生活協同組合や共済組合から推薦を受けているんだけど、まだ迷っているの」

「私では力になれないかもしれないけれど、良かったらもう少し話してみて」

「今は大変な変革の時代なの。『白鶴シチズン・コミューン』の市議会では『共生市民連合』が多数を占めているけれど、国会では『新自由経済会』や『グリーンビジネス連合会』などの保守政治勢力との力が拮抗していて、憲法改正が最大の争点になっているの。保守勢力は憲法改正反対で現行憲法を死守しようとし、憲法改正を求める改革派は、改正派と革命派に分かれているの」

「革命派って何？」

「革命派はシチズンを州にして、日本を連邦国家にしようとしているの。そうしてこそ、シチズンは独自の憲法を制定でき、本当の自治が確立できると考えているの。私の彼もこうした考えなの」

「ええ？　私の彼って誰？」

「彼は清水耕作《しみずこうさく》っていうんだけど、白鶴農業協同組合の責任者で、農業高校の教師でもあるの。中学校の同級生で、私がシチズンの広報に入って、農協の企画課にいる彼と再会してから付き合うようになったの」

「耕作さんって農協にぴったりの名前ね。もしかして、農家の息子さんかしら」

「そのとおり。彼の曾祖父は第二次大戦後、中国の旧満州からの引き揚げ者で、つてを頼って白鶴高原の『おかげ森』に入植し、ここを開拓した人なの。

当時はまだダムも造られていなかったので、農業開拓者は大変な苦労を強いられ、大半の入植者が森を捨てて都会へ出てゆくと、彼の祖父は、放棄された耕作地の再開発のために会社組織を立ち上げ、父親が高原野菜の栽培を始めて今の成功に導いたの。

その跡を継いだ耕作さんは、初めから土地の私有には反対なの。今は電気、地域バス、学校、病院、住居などが無料になっていて、これらの多くが公共財となっているので、彼の考えに賛成する人も多いの」

「私の子供の頃は、『おかげ森』に入ったら二度と出てこられないから決して行ってはいけないと教えられていたのに、その森が『シチズン・コミューン』になって三万人の市民が住んでいるんだから、この一〇〇年は本当に激動の時代と言えるわね」

「空さんは深谷香織さんを知っているかしら。深谷さんは今年八十九歳になられるのだけど、共生市民連合の代表として国会で活躍されているの。彼女は早くから『里山再生ネットワーク運動』を始められ、日本の過疎地の自立を指導してこられた方なの。

彼女はこの白鶴自立のために、村の入会地で『おかげ森』と呼ばれていた白鶴高原を、村民の共有財産として管理することを市議会に提案し、『おかげ森』の上流に電気と農業用水と飲料水を確保する多目的ダムを作る運動を起こし、今日の発展の基礎を作った人なの。

もともと、この森は白鶴の入会地で、薪を採り、炭を焼き、シカやイノシシの狩猟をして村民の生活を支えてきたの。江戸時代には租税の代わりに鹿革を納めていて、共助の長い歴史もあることから、彼女の提案は市民の共感を呼んだの。気候の大変動による国内難民をいち早くこの『白鶴シチズン・コミューン』が受け入れたのも、香織さんの働きかけがあったからだわ。

その深谷香織さんが私に、『秘書になって国会活動を手伝ってほしい』と言ってこられたの。それで『シチズン・コミューン』の代議員に立候補するか、香織さんの秘書になるか決心がつかずに迷っているの。

この『白鶴シチズン・コミューン』は人口三万人の小さな街だけど、国内でも最も進んだ共生社会と言われているの。でも、これ以上は国の制約があって前へ進めないの。憲法を改正しないと本当の自治権は確立できないの。

しかし、国会で多数派を占めて保守派を強権で切り捨て、新しい社会を作ろうとするのは共生の考えとは相容れないと思うわ。私は、香織さんから学ぶことがまだまだたくさんあると思うの」

「香さんのお母さんの響子さんも、香織さんに感化を受け、彼女の名前から一文字もらってあなたの名前を香としたんだったわね。そのことは母から聞いたことがあるわ。祖父の遊さんも、被災者救済のための『ミニマム・ハウス』を設計するとき、山村の製材所が開発した間伐材で作る合板の利用を思いついたのは、香織さんのアドバイスがあったからだと教えられたわ。

憲法改正のお話は、『シチズン・コミューン』の発展のためにも重大な問題ね。でも改革か革命かと言われると、私も困ってしまう。保守派の守ろうとする憲法にも、長い歴史上の知恵が詰まっていると思うの。具体的に、どこが根本的に相容れないのかしら」

「空さんもご存じのように、今の憲法には様々な思想が入り組んでいて、誰もが明快に理解するのは難しいの。国民主権や戦争放棄と戦力不保持の平和主義、基本的人権の尊重などが謳《うた》われており、『すべて国民は健康で文化的な最低限度の生活を営む権利を有する』、『思想及び良心の自由は、これを犯してはならない』、『すべて国民は、法の下に平等であって、人種、信条、性別、社会的身分又は門地により、政治的、経済的又は社会的関係において、差別されない』などの素晴らしい文言が書かれているけれど、どれも政府の法的義務を定めたものではなく、国政の指針に過ぎないとされているの。

私たちは、これらを実効のあるものに変えたいの。私は、さらに進めて、『財産の相続と社会的身分の世襲を禁止』する条項を入れるべきだと思っているの」

「家族経営のような小さな事業を除いた、社会性のある事業の世襲の禁止は分かるけれど、『相続』の禁止は『私有財産の禁止』ってことね。それじゃ、新しい事業を興すことはできないわね。個人の自由な活動を認めあうことにこそ、共生の意味があると思うんだけど」

「個人の自由な活動には、自由に使える財産が必要だということは分かるけれど、次の世代の者が親の財産で有利なスタートを切るのは平等とは言えないわ。自分が得た財産を自由に使えるのは一代限りという原則は必要だと思うの。

今、何か事業を興そうとする人は、自分の貯めた財産のほかに、広く市民に出資を呼びかけるの。出資者には利益を分配し、事業者は市民税を払う。事業者は、そうして得た財産を何の制約もなく使うことができるの。

でも、その人が死亡して、残した財産はシチズンに移管されるのよ。そうしてこそ個人の自由と平等が保たれると思うの。社会的に有意義な事業は、ほかの人々によって引き継がれ、公共事業として運営されていくの。これは、『世襲の禁止』とも連動しているのよ」

「じゃあ、〝ハルミ・ガーデン〟はどうなるの」

「今でも多くの人が自由に〝ハルミ・ガーデン〟を散策しているけれど、多分、夢さんが亡くなった後は、シチズンの所有になって市民公園として維持管理されてゆくわ。今、『晴美・夢・ベラ・記念美術館』を夢さんと私の母が管理しているように、いずれ空さんや私たちに管理が委託されるでしょうけれど」

白鶴山に夕日が当たり、鏡湖の湖面が輝いて見える頃までホテルの喫茶コーナーで話に夢中になった二人は、慌てて家路に就いた。道すがら、香が、

「私、香織さんの秘書として北海道へ行く決心をしたわ」

と、明るい声で言った。

五　白鶴シチズン・コミューン

空は少し体力に自信が持てるようになったので、早朝に二時間だけ開放されている湖面周遊道を走ってみた。まだ夜が明けたばかりなのに、老若男女を問わず多くの人が思い思いのスタイルで早朝のランニングを楽しんでいた。みんな市民マラソンに備えてトレーニングに励んでいるのだった。

香の話では、梅と杏子と桃と桜が一斉に咲く四月に、この湖面周遊道を使って市民マラソンが開催され、市民なら誰でも参加できるという。

参加者は男女の差はなく、十四歳～三十四歳、三十五歳～五十四歳、五十五歳～七十四歳、七十五歳以上の四つのカテゴリーに分けられ、それぞれスタート時間が一時間ずつずらされて、頑張ればどのカテゴリーの人もトップでテープを切ることができるというのだ。

ほかの人とタイムを競うのではなく、前年の自分の記録を上回って完走した人には、全員に記念メダルが授与されるというルールを聞いて、空は、自分もチャレンジしてみたいと思った。

空は、市民マラソン参加の決意を〝リンネ・ドームシティ〟のクリシュナーに伝えると、クリシュナーは、「二人で一緒に走りたい」と言った。

彼は、空が地球へ帰還してからは強い孤独感に苛まれ、それに耐えるため、ドームシティの人工重力運動場でランニングに励んでいたというのだった。クリシュナーは、三月中に帰還して、みんなの祝福を受けて白鶴で結婚式を挙げたいと言った。

クリシュナーが早速ニューヨークの両親に知らせると、アブドラとベラも二人の結婚式に出席したいと言ってくれ、急遽、白鶴を訪れることになったので、空は〝ハルミ・ガーデン〟にあるベラのアトリエを二人がしばらく滞在できるように修理することにし、〝ハルミ・ガーデン〟は慌ただしくも華やいだ春を迎えることになった。

空は、手際よく二人の婚姻届を市役所に提出してシチズンの居住権を得ると、共同住宅取得の申請も済ませ、市民マラソン参加にエントリーした。

空は、結婚式への招待状を、イギリスのチェスターにいる大叔母の歩に出すのも忘れてはいなかった。歩は祖父・遊の妹で、クリシュナーの父、アブドラを「私のイスラムの息子」と呼び、空の幼い頃を知る数少ない身内である。人生のパートナーであったロビンズは十年前に亡くなっていたが、歩は今年九十六歳になって、なお元気に一人で現役のジャーナリストとして活躍している。

大叔母の歩は、ロンドンからの旅の疲れも見せず、遊と晴美の墓に花を供え手を合わせると、三人で〝思い出づくりのサイクリング〟をした日のことを、つい最近のことのように思い出していた。夕日に映える鏡湖の桟橋に腰を下ろして、楽しかった一日の終わりを惜しんだのは、もう八十年も昔のことである。

歩はふと、ここにロビンズがいない寂しさが込み上げてきた。晴美の二冊目の著書『ハルミガーデン・ハーブのある暮らし』の出版記念パーティーにこの地を二人で訪れ、若き日の恋人で晴美の兄の晃介にも再会できたのが、ついこの前のことのように思えるのだった。

アブドラとベラも、ニューヨークから水素ジェット旅客機で二時間余りで石狩国際ターミナルに降り立ち、〝ハルミ・ガーデン〟に到着した。

二人は、自分たちの出会いの地でクリシュナーと空が結婚式を挙げることを、それぞれの神に感謝した。

歩はアブドラとの再会を、空とクリシュナーのおかげだと喜んだ。

アブドラは、九十六歳になった日本の母・歩をいたわりながら、帰る故郷もなくなり、青春の夢に燃えた「アラブの春」も遠い幻になってしまったことを淡々と語るのだった。

歩は、アブドラとガザで初めて会った彼の青春時代を思い出しながら、慰める言葉もなく、いつまでも手を握って離さなかった。

雪が解け、春の草花が芽生えて新しい息吹が満ち始める三月の吉日。クリシュナーと空は、〝ハルミ・ガーデン〟で結婚式を挙げた。今は「晴美・夢・ベラ・記念美術館」となっている祖父母が住んでいた〝タペストリーの館〟を式場にして、大叔母、二人の父母、それに「ペンション・響」のみんなと多くの友人に見守られて、クリシュナーと空は永遠《とわ》の誓いを立てた。

会場にあふれた二人を祝福する隣人や、市民の多くが待ち受けている〝ハルミ・ガーデン〟のパーティー会場に、宇宙服姿の二人が現れると、会場は一気にお祭り気分になった。クリシュナーは、この日のために月のドームシティから地球に帰還するとき、宇宙服を借り出していたのだった。さらに、空とクリシュナーは、軽くステージを跳ねるようにムーンウォークをして会場を沸かせた。

二人がガーデンに下りてお礼の挨拶をして回ると、シティの音楽愛好家グループにより今流行のジタバが演奏され、人々は思い思いにパートナーを組んで踊り始めた。

会場のあちらこちらに模擬店が設けられていて、「ペンション・響」の前には、リンゴジュースやアップルパイが並び、「おかげ森農園」は自家製のワインやチーズを出し、隣には鏡湖で作られたスモークサーモンも並んで人々を喜ばせた。

二人が店の前に来ると、グラスを持った青年が「おめでとうございます」と乾杯をした。彼の後ろに香を見つけると、空はグラスを取って、

「耕作さん、香さん、ありがとう」と返杯をした。

その夜、空とクリシュナーが部屋に引き揚げると、みんな「ペンション・響」の薪ストーブの前に集まって、いつまでも乾杯を繰り返し旧交を温めた。

夢は「ベラの画家としての名声が、ここ『白鶴シチズン・コミューン』にも届いていて、市民の誇りだわ」と話し、

「自分は、世の中の方が目まぐるしく進んで創作意欲をなくしていたのに、急に『碧い地球シリーズ№150・輝く地球』を描きたくなったの。これが最後の作品となるかもしれないけれど」と、うれしそうに話した。

ベラも「私も昔のように一緒にここで絵を描いてみようかしら」と声を弾ませた。

歩は「〝ハルミ・ガーデン〟の賑わいを見ていると、ふと隣に兄と晴美さんがいるような錯覚に襲われる」と言って涙ぐんだ。

ニューヨークの大学で予測と制御の数学理論を教えているアブドラが、「白鶴シチズン・コミューン」が市民の消費状況をＡＩを使って予測し、適正な生産計画を立てているのを日本の研究者から聞いていたので、ぜひこの機会にシチズンを訪れ、話を聞きたいと言うと、空は高校でＡＩを使った農産物の生産計画を教えている清水耕作を紹介することにした。

四月の最初の日曜日。市民マラソン大会の日を迎えた。コースは鏡湖と白鶴湖の湖面周遊道で、出発地とゴールは白鶴湖畔の市民運動場である。

クリシュナーと空は、三階のリビングから白鶴山に昇る朝日を見ながら、ゆっくりと朝食をとった。

マラソンは七十五歳以上の人が十一時三十分にスタートし、次に五十五歳から七十四歳が十二時三十分に、三十五歳から五十四歳が一時三十分に、最後に十四歳から三十四歳が二時三十分に出発して、四十二・一九五キロメートルを走ることになっている。こうして午後の五時三十分から六時三十分のうちに、みんながゴールできるように考えられている。

空はクリシュナーと一緒にゴールしたいと思っていたが、クリシュナーはトップでテープを切りたいという思いを胸の内に秘めていた。

幅十メートルの周遊道はこの日のために清掃され、沿道のペンションやホテルの庭には応援席が設けられていて、市民は春の訪れを告げるこのイベントに浮かれた。

空が、爽やかな春風に背を押されながら気持ちよく走っていると、湖畔のペンションの庭に席を取って手を振って応援してくれている大叔母の歩と母の夢を見つけた。

空が走り寄って「快調よ。ありがとう」と声をかけていると、その後ろをクリシュナーが「先に行くよ」と声をかけて走り抜けていった。

クリシュナーは、先に出発したグループをぐんぐん抜き去り、あとから追いついてくる若者たちとデッドヒートを繰り返し、大勢の市民や地域のテレビ局が今年のヒーローを待ち受けている市民運動場に、先頭を切って現れた。月から帰ってきたばかりのクリシュナーの姿に、会場は大興奮に包まれた。

その夜は、クリシュナーと空の新居に、歩をはじめアブドラ、ベラ、両親の量平と夢、そして「ペンション・響」のみんなに清水耕作が加わって、二人の今日の健闘を祝い、シャンパンで乾杯をした。医師の清だけが、今日も病院勤めで参加できなかった。

大きなテーブルの真ん中に優勝カップが置かれ、クリシュナーと空の首には、初参加の自己最高記録メダルが誇らしげに輝いていた。テレビ画面にはクリシュナーのゴールシーンが繰り返し映っていた。

ペンションのオーナーの勝一は、みんながおいしそうに寿司を食べるのを満足げに眺めながら、

「この寿司ネタは今日、富山湾で獲れた魚がドローン貨物便でここの市場に届いたものなんで、とびっきり新鮮なんだ。鱒は鏡湖で獲れたんだけどね。遊さんと晴美さんがいないのが少し寂しいな」と、声を落として言った。

響子と咲が持ってきてくれたオードブルに舌鼓を打ちながら、夢が父の遊を思い出して、

「ここからの眺めを父さんにも一緒に見てほしかったわ。この集合住宅は父さんが〝ハルミ・ガーデン〟の『瞑想室』で考え、『環境計画研究所』の若い社員が休日を返上して作

り上げた『ミニマム・シティ』の建築模型を基本として建てられたものなの」と言えば、香は、

「ここは一階部分が八戸で三階建てになっていて、どの住居もパティオ（中庭）に面していて、外側の二面は外界に接しているので、どの部屋からもこの広大な眺望を楽しむことができるの。この建物をワンパティオと呼び、約一〇〇人が住んでいる。今は三〇〇棟余りが建てられていて三万人が住まう『シチズン・コミューン』となっているの。

私が北海道へ行ってから、よくみんなにこの『白鶴シチズン・コミューン』のことを聞かれるの。でも、新しい共生社会に対する関心より、自然と共生する建物に関心があるの。大資本で一気に五十万人の住む都市を建設するという計画も持ち上がっているけれど、大切なのは、みんながどのような暮らしを目指すかということなの」

と、なかなか進まない人の意識の改革について危惧を漏らした。

クリシュナーは、隣に座った義父の量平に、

「私はまた〝リンネ・ドームシティ〟に帰り、火星の宇宙気象観測所に行かなければならないのですが、核融合ロケットの実用化はいつ実現するのでしょうか」

と聞いた。量平は少し戸惑いながら、

「私の専門領域ではないので詳しくは分からないが、この分野は研究が始まって一〇〇年近く経つのだが、まだ研究の段階で技術は確立されていない。

このロケットができれば、比推力は化学ロケットの三〇〇倍、原子力ロケットの一五〇倍という桁違いの性能だが、研究者たちはこのロケットが実用化されない限り、人類文明が火星やそれ以遠の深宇宙に本格的に進出することはできないと考えている。

私は、地球の温暖化や世界的規模の災害に人類が対応できなければ、火星を緑の大地にすることは到底できないと考えている。我々は、もっと宇宙に対して謙虚でなければならないと思うんだ」と言った。

クリシュナーはさらに、向かいの耕作に以前から抱いていた疑問を質《ただ》した。

「耕作さん、あなたは学校の先生と、農業協同組合の役員という二つの仕事を持っているのですね。どのように時間を使い分けているのですか」

「私は協同組合で農産物の生産計画を立てています。市民の必要とする農産物の自給率を七十パーセントまで高め、ほかのシチズンから供給を受ける農産物の種類と量を予測するのです。

それには白鶴シチズンの耕作地の特性、水利、天候、農業従事者の人数、市民の消費動向など様々なデータを、コンピュータを使ってシミュレーションします。こうした実務経験を生徒たちに話し、農業に興味を持ってもらえるように願っているのです。

このシチズンでは、二つ以上の職業に就くのは珍しいことではありません。自分の能力の範囲でやりたいことをやり、社会に貢献するのです。私はこのほかに、『共生市民連合』

という政治団体の役員もしています」と答えると、

「給料はどこから出るのですか」とクリシュナーが訊ねた。

「学校と農協から出ます。市民連合は、もちろんボランティアです」

「税金はどのようになっているのでしょうか。学校や病院が無料で、そのうえ日常生活の消費のためにポイントがもらえるのですから」

とクリシュナーは、こちらへ来てから抱いていた疑問をぶつけた。

「税金は、市民税が収入の六十パーセントで、国税が十パーセントです。全体で七十パーセントです。残りの三十パーセントは自分のために使いますが、誰かが出資を求めていてその使用目的に共感すれば、持っている資金を提供します」

と話すと、クリシュナーは、

「自由に使い道が選べるのはいいですね。私もこのシチズンにいる間、何か少しでも皆さんの役に立つ仕事をしたいと思います。私は、ここから白鶴山に登る旧登山道が消えてしまっていると聞いて、とても残念に思っています。一年の休暇の間にあの山に登る道を整備したいのですが、出資を募ることはできるでしょうか」

と問いかけると、歩が身を乗り出して、

「それはいい考えだわ。その登山道が復活すれば、きっと兄さんも喜んでくれるわ。山頂にあった山小屋も復活できるといいな。私が最初の出資者になるわ」

するとが、

「それは出資を募らなくても、ボランティアを募集すればきっと多くの人が賛同してくれると思うわ」と言う。

それを聞いて、耕作が「私が世話役になりますよ」と名乗り出て、ここにいるみんなが、このプランの発起人に名前を連ねることになった。

クリシュナーが、

「一年の休暇が終われば、また〝リンネ・ドームシティ〟の宇宙気象予報センターへ帰任しなければなりませんが、それまでにぜひとも完成させたいと思います」と声を弾ませた。

香が、

「もう一つやり遂げなければならない大事なことがあるでしょう」

と言うと、空が顔を赤らめて、

「頑張ります」と言ったので、部屋は爆笑と拍手の嵐に包まれた。


（完）

この物語はフィクションです。登場する人物・団体・名称等は架空であり、実在のものとは関係ありません。

著者プロフィール

西澤 三郎（にしざわ さぶろう）

1941年大阪府で生まれ、すぐ滋賀県に移る。
大学卒業後、会社勤めを15年し、大阪で約30年間小さな会社を経営する。
65歳より陶芸を始め73歳より小説を書く。

ハルミ・ガーデン ここに碧い地球がある

2021年10月15日 初版第１刷発行

著 者 西澤 三郎
発行者 瓜谷 綱延
発行所 株式会社文芸社
〒160-0022 東京都新宿区新宿１－10－１
電話 03-5369-3060（代表）
03-5369-2299（販売）

印刷所 株式会社フクイン

ISBN978-4-286-22966-9